Miseria

Dolores Reyes
Miseria

El papel utilizado para la impresión de este libro ha sido fabricado a partir de madera
procedente de bosques y plantaciones gestionadas con los más altos estándares ambientales,
garantizando una explotación de los recursos sostenible con el medio ambiente y beneficiosa para las personas.

Penguin
Random House
Grupo Editorial

Miseria

Primera edición en Argentina: abril, 2023
Primera edición en México: mayo, 2023

D. R. © 2023, Dolores Reyes
c/o Indent Literary Agency www.indentagency.com

D. R. © 2023, Penguin Random House Grupo Editorial, S. A.
Humberto I, 555, Buenos Aires

D. R. © 2023, derechos de edición mundiales en lengua castellana:
Penguin Random House Grupo Editorial, S. A. de C. V.
Blvd. Miguel de Cervantes Saavedra núm. 301, 1er piso,
colonia Granada, alcaldía Miguel Hidalgo, C. P. 11520,
Ciudad de México

penguinlibros.com

ISBN: 978-607-383-109-3

Impreso en México – *Printed in Mexico*

"*Creo en la práctica y en la filosofía de lo que hemos dado en llamar magia, en lo que yo debo llamar la evocación de los espíritus, aunque no sé qué son, creo en el poder de crear ilusiones mágicas, en las visiones de la verdad en las profundidades de la mente cuando los ojos están cerrados.*
Y creo también que las fronteras de la mente se desplazan constantemente y que muchas mentes pueden fundirse en una sola, podría decirse, y crear o revelar una mente sola, una energía sola... y que nuestros recuerdos son parte de una gran memoria, la memoria de la Naturaleza misma".

W. B. Yeats

"*Cuando crece el peligro, también crece lo que salva*".

F. Hölderlin

Parte I

1

Cometierra, acá desaparece gente todo el tiempo, acá, tu don es oro. Ya no sé la cantidad de veces que se lo repetí. Yo no puedo quedarme callada. Pero ella se hace la que no me escucha, se levanta y se va para el baño sin contestar. También yo me paro, camino hasta la ventana y corro la cortina para mirar a la calle. No termino de acostumbrarme a los carteles. Uno atrás del otro, peleando por los pocos pedazos de cielo libre. Esto no es solo el shopping del conurbano, estamos en la capital nacional de las videntes, pero a Cometierra ninguna de todas esas charlatanas le llega ni a los talones. Ella en serio puede ver. Escucho la cadena del baño, el agua que corre por la pileta y enseguida, el botón que apaga la luz. Cuando Cometierra sale y se me acerca, no puedo quedarme con la boca cerrada y se lo vuelvo a decir: Acá podrías ser una reina, acá, tu don es oro. Ella ni siquiera me mira. Sigue esquivándome los ojos y la lengua. Va a buscar su colchón, lo acomoda en el piso, pone la almohada y las sábanas, y se acuesta para ver si se puede dormir. Nada le resulta tan difícil a Cometierra como sus sueños.

Me acerco a ella, me agacho, le doy un beso y aprovecho para abrazarla un rato. Ella me atrapa las manos apretándomelas contra su cuerpo. Jugamos cada una en el cuerpo de la otra y a mí me da cosquillas. Hago un esfuerzo para no cagarme de la risa. Cometierra no quiere que nos separemos hasta quedarse dormida. Trato de sacar una mano, tiro hasta que lo consigo y después, la meto abajo de su remera. Le paso despacio las uñas por la espalda hasta que se queda quieta, cierra los ojos y ya no los abre. Escucho su respiración cada vez más lenta y espero. Cuando relaja los brazos me puedo levantar. Busco sin hacer ruido mi celular de arriba de la mesa, miro la hora y uso su linterna para ir a la pieza y llegar hasta mi cama. Son más de las doce y el Walter duerme hace rato. Me acuesto al lado suyo, lo suficientemente cerca para que me llegue su calor. Es de noche y todo se quedó en silencio. Antes de cerrar los ojos, me apoyo las dos manos en la panza. Si hay algo que nos sobra es tiempo. Tengo dieciséis años y mi hijo ni siquiera nació. Nosotros podemos esperar a Cometierra todo el tiempo del mundo.

2

Elegí yo, porque irme fue lo único que pude elegir en toda mi vida.

Elegí este lugar, el ruido, el movimiento, los colores, pero también volver al peligro. No sé qué había más: autos, bondis o personas. El Walter, Miseria y yo bajamos cerca de la terminal. Estábamos muertos de emoción y con un poco de miedo, caminamos tratando de no chocarnos con nadie. Aunque ya empezaba a oscurecer no nos daban los ojos para mirar negocios, comidas, puestos, ropas, carteles, pero sobre todo tanta gente junta. Seguimos adelante. Parecía imposible que alguien pudiera vivir en ese hormiguero. Llegamos a esta puerta, entramos. Estaba la misma luz que nace ahora y se mete, durante las primeras horas de la mañana, por la ventana de la cocina. Abro la heladera, hay botellas de litro pero yo busco un porrón. Lo abro. Tomo el primer trago apoyada contra la mesada. Chupo atenta. No quiero que me vean tomar desde tan temprano. Miro hacia su pieza y de nuevo hacia la cocina. Nada se distingue por completo pero ninguna cosa puede esconderse sin dejar su oscuridad.

Ahí, en esa mancha negra, está la azucarera de plástico. Esa sombra es el repasador hecho un bollo y de este lado, enfrente, está la sombra que soy ahora. Yo no le tengo miedo a la oscuridad, solo a las personas. La luz ilumina sus corazones solo desde afuera.

Siento el gusto de la cerveza en la boca bajando lento por la garganta hasta el estómago vacío, me camina por adentro como un abrazo helado, el único de la mañana. En cualquier momento Miseria va a entrar a la cocina a decirme que salga, que me anime: Vos no sabés, pero acá podés ser una reina. Acá, tu don es oro.

Me río sola y vuelvo a echarme birra en la boca. Para mí llegar a este lugar fue como ir a Disney. ¿Querés música? Acá tenés. ¿Querés ropa? Acá tenés. ¿Querés morfar? Acá tenés. ¿Querés salir de joda? Acá tenés. ¿Querés perderte para los que te buscan? Acá podés pegarte alto viaje y que nadie te vea nunca más ni la punta del pelo.

La luz afuera se vuelve más poderosa, borronea la oscuridad hasta que amanece. Como ya sé que Miseria tiene que ir saliendo, despego el cuerpo de la mesada. Apoyo la lata vacía y la alejo. Abandono la sombra de las cosas de todos los días cuando el sol empieza a desnudarlas. Salgo de la cocina y nos cruzamos. Le digo que ponga la pava y apenas me hace un gesto con la cabeza. Entro al baño. Empujo la puerta con el pie pero no se cierra del todo. Abro la canilla, junto agua con las dos manos y me las llevo a la cara. Agua fría en los ojos, en la boca, en la nariz. Me miro al espejo para hablarme a mí misma:

—¿Dormiste? —pregunto aunque ya sé la respuesta: Unas horas. Después volví a soñar con ella. De Ana nunca tengo dónde esconderme.

En la cocina quedó pan de ayer. Miseria lo trae cuando vuelve del trabajo porque a esa hora en la estación se lo venden por dos pesos. La escucho ponerlo en la sartén que usamos de tostadora. Lo va a sacar cuando su olor empiece a invadirnos. Le va a poner manteca, dulce o un pedazo de jamón. Somos esto de nuevo, unos pibes que comparten todo.

Vuelvo a la cocina y me entrega un plato lleno. Levanto uno, lo mastico y trago apurada para decirle:

—Te acompaño hasta el local —pero ella me hace no con la cabeza.

—No te pregunté —le contesto—. Quiero ir con vos.

Nos reímos y ahí, de nuevo, me lo larga:

—Cometierra, vos no sabés, pero acá podés ser una reina. Acá falta gente todo el tiempo. Acá, tu don es oro.

Estiro la mano y le tapo la boca porque ya no quiero escucharla decir eso nunca más. Me río, despacio y siento a Miseria sonreír también abajo de mi palma. La saco para verle los dientes chiquitos y me acerco a ella. Le doy un beso y le toco la panza.

15

—¿Duerme?

Miseria levanta los hombros:

—Yo qué sé.

Y me suelta enojada porque ya no quiero comer tierra ni por toda la guita del mundo.

—Quedate que hoy entro tarde, tengo que ir al hospital —dice, y sale rápido de la cocina.

Cuando escucho la puerta cerrarse, la luz de la mañana ya invadió toda la casa, pero a mí el insomnio me flota adentro como una nube. Camino unos pasos hasta la heladera para sacar otra birra y llevármela hasta al lado del colchón.

3

—¿Cómo era yo antes?

La seño Ana baja la cabeza como si quisiera esconderse.

Después del mío, el suyo es el cuerpo que mejor conozco en el mundo.

—¿Antes de qué? —dice, cerrándose el cuello de la camisa, como si algún secreto pudiera escapársele desde la piel.

No le contesto *Ana, si yo te vi desnuda, abierta. ¿Qué me querés esconder?* En cambio le tiro:

—¿Cómo era yo antes de comer tierra?

—Vos siempre estuviste en la tierra.

Responde, fastidiada, lo primero que se le ocurre. Me pasa el mate. En los sueños ya no puedo tomar pero no quiero que ella se siga enojando, así que me acerco la bombilla a la boca y chupo fuerte. Nos pasábamos horas ese mate con tal de volver a estar juntas una noche más.

—¿Pero la tocaba?

—Tenías lápices. Te los daba en el salón y no los querías soltar.

Las dos nos quedamos calladas, mirando el

mate en donde la yerba había empezado a ponerse vieja.

—¿En serio no vas a probar tierra nunca más?

—No puedo ni pensarlo, Ana.

Se lo paso así.

—Ahora necesito saber cómo era yo antes de comer tierra, el Walter tenía menos de diez años. No me queda nadie, solo vos.

Quiero buscarle la respuesta en los ojos, pero ella me sigue esquivando. Abre la boca y empieza a hablar como si le pesara un montón:

—Eras salvaje. En los recreos, te sacabas los zapatos y volvías al salón llena de tierra y con los pelos como plantas. Yo quería retarte, pero me sonreías y se me derretía el corazón. Nunca copiabas nada. Cuando te sentabas a dibujar, te quedabas ahí, metida en tu hoja de papel como si fueras a atravesarla. Tocaba el timbre y todos salían corriendo y vos seguías pegada a los lápices como a caramelos, tan metida adentro de esos dibujos que tenía que sacudirte y hablarte a la vez:

—Aylén, ¿venís?

Me vi. Tenía nueve años otra vez. Corría atravesando el patio con el pelo suelto en mechones gruesos como culebras hacia la Florensia, doblada contra los piletones del baño de nenas. Sangraba y me llamaba solo a mí.

—Aylén, ¿venís?

Pensé que de tanto sol le había empezado a salir sangre de la nariz y trataba de no mancharse la ropa, pero no. La Florensia se metía la mano entre las piernas, la dejaba un rato ahí, apretándose, y la sacaba para llevarla abajo de la canilla abierta. Se había ensuciado alrededor de las muñecas blancas del guardapolvo con el rojo más vivo que había visto en mi vida. Me daba miedo. Adentro de la pileta cada gota tardaba segundos en mezclarse con el agua, abrirse, como una flor hecha de pequeños coágulos deshojándose para siempre por la cañería de la escuela.

—Me duele la panza —decía la Florensia y como yo no sabía qué hacer, le acariciaba el pelo.

—Aylén, ¿venís?

Miro los ojos de la seño Ana de frente.

¿Qué le pasa para decir mi nombre en voz alta? No sé por qué, pero eso tiene que ser peligroso.

Ana da vuelta el mate, la yerba cae al suelo de un sueño que está por terminarse, pero antes dice:

—Yo sé el nombre de todas ustedes, también el de Miseria. Mejor que no te olvides nunca de venir a verme.

4

Ay, Miseria. Un bebé es como la Santa Rita, te da y te quita. Eso me decía mamá las pocas veces que se ponía seria y como yo fui su única bebé, sé que lo decía por mí. ¿Qué era eso que estaba sacándole si nosotras no teníamos casi nada, solo los juegos que nos íbamos inventando? Nunca me animé a preguntarle, pero también me fui por dejar de sacarle a ella, que fue la única familia que tuve. A veces la extraño tanto a mi mamá que duele muy adentro y ahora, que me toca a mí tener que abrir el cuerpo para que salga un pibe, pienso en ella, en si le habrá dolido, en si todavía se acuerda de mí.

Sos muy flaca vos, mirá lo que son los huesos de tu cadera, dice la enfermera del hospital mientras camina adelante mío y el culo le pasa apenas por el pasillito que lleva hacia los consultorios. Espero que esto no dure mucho porque no quiero llegar tan tarde al trabajo. Como no entramos las dos juntas, yo voy atrás. Escucho cómo se cansa de caminar y hablar a la vez, pero no para. Trato de no mirarla pero no puedo ver nada más allá de ella moviéndose como un terremoto de carne.

Cada tanto se da vuelta solo para bardearme: Sos muy flaca vos. ¿Estás segura de que comés bien? Mi mamá es tan flaca como yo y en el barrio la llaman Doña Elisa. Me tuvo a los trece y con casi treinta años, no sabe que va a ser abuela. *Doña Elisa, usté va a ser abuela,* pienso y busco imaginarme su cara al escuchar la noticia.

Un bebé es como la Santa Rita, te da y te quita.

La enfermera jadea como si fuera un animal: Te va a costar. Remata, y yo no sé cómo el cuello siendo tan gordo le puede girar así. Se dobla como una serpiente que acaba de tragarse un bicho y los ojos le brillan de pura maldad. Te va a costar. Repite, pero a mí no me asusta. Me da pena que esté transpirando. Subo la cabeza, separo bien los hombros a ver si así mi cuerpo es un poco más grande: Yo sé que voy a poder.

Un bebé es como la Santa Rita, te da y te quita.

Mamá, ¿todavía vivís en nuestra casilla? Mamá, acá estoy bien. Tengo agua, una pieza, heladera y amigos. La enfermera pregunta por qué no vine antes. Suspiro y no digo nada. Pide que me prepare el camisón. Dos mudas para mí y otras dos para la criatura. Camisón, escucho y me río; criatura, como si mi bebé fuera un bicho, y se me escapa de nuevo una carcajada. Yo nunca tuve un camisón y no pienso gastarme la plata en eso. Me voy a traer una remera del Walter que me vaya enorme. Alguna que me quede larga hasta las rodillas y tenga su olor, para que sea como llevarlo a él acá, conmigo, agarrado a la piel de nosotros dos. Mi mamá tampoco tenía camisones. Ella me contó que cuando volvimos del hospitalito, solas nosotras dos, hacía frío y como ya no tenía nada que ponerme, revolvió la casilla buscando su buzo preferido. Lo acomodó en el medio del colchón y me acostó despacio para ir envolviéndome por partes, con mucho cuidado, porque yo era tan chiquita que le parecía que me podía romper, y fue atándome una y otra vez, primero con los brazos del buzo y luego con el resto de la tela, hasta dejarme apretada como a un matambre. Decía que yo seguía teniendo la nariz helada pero que nunca lloré. Y así, envuelta y pegadas, estuvimos esos primeros días juntas ella y yo. Después seguía con que ya a los seis años le daban ganas de atarme de nuevo, pero que ni agarrarme podía: yo corría por el barrio como una laucha y no dejaba de hablar: La lengua, Miseria, esa navaja que vive en tu boca, no te la ato ni con todos los buzos del mundo. Cuando le conté que me iba a vivir con el Walter y Cometierra, hacía años que ya no repetía lo de la Santa Rita. La vi ponerse triste pero igual se levantó, me abrazó muy fuerte, me acompañó hasta la salida y me dio su bendición con un beso largo sobre la frente: Adonde vayas, yo te cuido de lejos, Miseria.

Una mujer que no conozco dice mi nombre y yo me acerco con la cabeza gacha, repasando

22

los cerámicos gastados del piso del hospital. La última vez que vine al médico creo que tenía doce años.

Un bebé es como la Santa Rita, te da y te quita.

Entro al consultorio viendo avanzar a mis pies desde abajo de esta panza que no para de crecer y el corazón se me acelera. La médica cierra la puerta atrás mío. Ojalá que algún día vuelva a ver a mi mamá.

5

Aunque me desperté hace un rato, sigo con los ojos cerrados. Veo botellas, nombres, pupilas recortándose contra fondos sin luz, pero ya no es algo mágico, solo es eso que todos llaman recordar: nuestra casa de antes, mis plantas y, sobre todo, mi tierra de siempre. Del barrio no nos trajimos casi nada. Hasta el destapador y las toallas se perdieron para siempre. Este es un lugar de paso, ninguno de nosotros nació acá. Acá no nace nadie. No tenemos terreno sino una entrada mínima, unas baldosas llenándose con las macetas que Miseria se esfuerza en cuidar.

Hoy no tengo motivos para levantarme de la cama.

Extraño andar en patas, sentarme en nuestra tierra, sentir que me soporta el cuerpo encima, pasarle la mano por arriba, oler.

Sigo acostada. Tampoco tengo qué hacer. Pero no todo de acá es peor que antes. También hay algo bueno: nunca nadie que me diga allá descansa el cuerpo de tu madre, ese es tu padre, él mató; esta es la tierra que te hace ver, probala. Acá nadie me conoce y eso para mí es un tesoro.

Miseria y el Walter dicen que la casa que alquilamos es más linda. Hay que pagarla una vez por mes, y por eso tienen que irse a trabajar todo el día y yo me siento triste y más sola que nunca. Una mezcla rara de estar sola con otros, porque ahora ranchamos también con Miseria y ella sigue siendo un imán para todos. También para los nuevos. Yo les desconfío. Prefiero el silencio. Acá ni siquiera lo tengo a Ezequiel.

Cada vez que salgo siento pánico de perderme, así que salgo poco. Igual ya empiezo a conocer. También la tierra de este lugar me anda buscando, la escucho y la esquivo. Busco no pisarla, cambié barro por baldosas. Estamos casi siempre en alto, acá todo es departamentos, edificios, cuartos con baño y cocina.

El nuestro huele a algo que no sé qué es. A veces siento que me pierdo en ese olor helado. Unas gotas claras que salen de las paredes las noches frías y me marean. Cierro los ojos para escaparme y nos recuerdo con el Walter, chiquitos los dos, cortando con los dedos las flores rojas de la corona de cristo. Mi hermano y yo, juntos como siempre, amenazados de espinas. Del corte sale un jugo blanco. Abro los ojos, de nuevo el techo y las paredes me aplastan la respiración. Huelo el mismo jugo blanco y no sé si es la corona de Cristo la que llena de moho claro los rincones o es que llega un veneno que amenaza con rajar las paredes y alcanzarnos. Y ahora sí quiero salir porque me estoy asfixiando.

Tengo la boca seca y me levanto para ir a la cocina. La heladera está vacía y yo me muero de sed. Pienso en ir a comprar algo al chino de la vuelta pero desde afuera llega el sonido de una ambulancia y, pegadas, las sirenas a todo lo que da de un par de patrulleros. Las luces rebotan contra los vidrios de las ventanas y tiñen de parpadeos azules las paredes. Hoy mejor no salgo, pero me juro a mí misma que mañana sí.

Aunque sé que no voy a dormir, me vuelvo a tirar en el colchón. Siento que el mundo es demasiado complicado para abrirle la puerta. Me tapo la cabeza con la almohada.

¿Será la leche de Miseria por el bebé que está llegando?

Todavía soy un animal sin nombre y tengo miedo.

6

Camino rápido porque estoy contenta. Me gustó ir al hospital, sobre todo cuando la médica me hizo escuchar los latidos de mi bebé en la computadora, golpeando como los tambores de una murga.

Cruzo la calle y me llega el olor de la comida que venden en la vereda y el hambre me aprieta las tripas desde adentro. Trago saliva y es peor, todo se revuelve en mi estómago vacío y siento náuseas otra vez. Necesito algo dulce. Casi llegando al local hay chipá, rollos de queso, tequeños, pan de yemas. Muero por un marciano de durazno aunque no puedo llegar al trabajo así de tarde, con los dedos enchastrados y bañada en azúcar. Me paro enfrente de una señora con un canasto enorme y le pido dos chipás. La mujer me mira la panza, me los pasa y yo los meto en el morral. Uno para mí y el otro para la Tina. Camino rápido para contarle a mi amiga lo del hospital.

Al entrar al local está la Tina de espaldas vaciando cajas de velas sobre el mostrador principal. Me acerco y siento cómo se le pegó al cuerpo el olor de los vendedores que son como moscas y cortan, con la fuerza de sus termos de café, el perfume de nuestros sahumerios. Llegás tarde. Dice uno de los dueños. Te avisé ayer. Ya no me escucha. Controla el pedido que acaba de llegar. Cuando termina, me mira de reojo: Llegás tarde. Algunas mañanas tengo ganas de que el local se prenda fuego y quedarme mirando mientras se derriten sus millones de velas. Mi amiga sigue abriendo cajas y recargando los estantes para que se conviertan en billetes que nunca serán nuestros. Como la Tina trabaja desde que aprendió a pararse, las manos se le fueron poniendo viejas. Si te tocan raspan como las voces de las cantantes que le gusta escuchar: Thalía, Nathy Peluso, Gloria Trevi, Ayelén Baker y la Juli Laso de Cara de Gitana. Desde el principio nos caímos bien. Yo entendí que cuando los dueños salen, la Tina manda. Y ella siempre me dice que le gusta estar conmigo, aunque hable como un loro, porque le hago acordar a su hijo mayor.

¿Te cuento? Ella me mira seria y niega con la cabeza: los dueños siguen picantes. El pelo de la Tina brilla como el de las diosas del agua del estante celeste. A mí me gusta mirarla hacer porque tiene los dedos más rápidos del mundo y nunca rompe nada. Como llegué dos horas y media tarde habrá estado reponiendo sola hasta recién. Los dueños jamás se ensucian, solo cuentan plata y nos cagan a pedos. Dejo el morral y me pongo con la Tina a reponer mercadería. Paso la trincheta sobre la cinta de embalar de la parte de arriba de una caja a toda velocidad y aprovecho el ruido para decirle bajito:

Tenías razón, fue un flash increíble. ¿Te cuento? La Tina sonríe y contesta: Te lo dije, mientras destripa una caja con la trincheta. Pero contame al mediodía, cuando los chinos no nos puedan escuchar. Nada les molesta más a los dueños del local que los llamen chinos. Una pequeña venganza que la lengua filosa de la Tina me confía a mí. A veces yo le digo que me adoptó y ella me contesta que si fuera su hija no andaría preñada a los dieciséis.

Después del mediodía, el ritmo del local se calma, los pedidos se van acabando y los dueños cuentan guita o atienden por teléfono los pedidos para mañana y nos dejan en paz. Mientras almorzamos sentadas en el depósito de abajo, le repito: ¿Te cuento? De la manija que tengo no me puedo ni sentar, así que como parada y rápido para tener el resto de tiempo libre y contarle, pero me corta. A la noche es mejor, te venís para casa. Y me guiña un ojo.

Ella se ríe enseñando los dientes que trituran el sándwich que le compró a un vendedor ambulante y yo me pongo contenta calculando cuánto falta para la hora de salida. ¿Traés corpiño, vos? Pregunto y ella me contesta que no, sacudiéndose. Ya me parecía. Al viejo de la avenida le estallaban los ojos mientras lo atendías. Digo con la boca llena y ahora nos reímos las dos.

La Tina traga y antes de volver a morder el pan con el tomate y la milanesa, propone que cuando salgamos la acompañe a los chinos de la esquina a comprarse uno. Si el mundo fuera como dice la Tina, sería un lugar en el que todos son chinos menos nosotras dos. Por ahí me compro uno yo también.

Miro las cajas enormes a nuestro alrededor, Gopal, sándalo, rosa, mirra, siete poderes. Estoy tanto en este lugar que ya casi ni los huelo. La bandeja de plástico se va quedando vacía. También la Coca que compartimos. Cuando me acuerdo del chipá que traigo en la mochila, algo se mueve adentro mío. Unas patadas suaves para recordarme que, aunque no lo nombre, el bebé sigue conmigo. Tengo que comer para los dos. La Tina terminó antes, aprovecha y habla por teléfono. Mi hijo mayor, dice indicándome para adentro del celular con el dedo. Y yo pienso que nos conocemos desde hace casi un año y cuando voy a su casa, no hay otro hijo. Nunca supe por qué le dice el mayor si es el único que tiene.

Faltan cinco o seis horas para el cierre del local. Mi panza por un rato se dejó de sacudir. Como me ve seria, la Tina mueve sus melones y me vuelve a hacer un guiño: Hoy te venís a casa. Yo saco el celular para llamarlo al Walter y ni bien atiende, le digo: ¿Te cuento?

7

A veces la voz de Ana era muy dulce. Otras, cuando yo cerraba los ojos y lograba dormir, ella abría la boca para gritar con toda su fuerza. Y así veía los primeros golpes sobre su cuerpo que me hacían daño adentro, una parte que no creía carne sino otra cosa dolía hasta hacerme doblar. Yo empezaba a luchar para escapar del sueño, pero no me podía despertar.

Una noche vi cómo los hombres la lastimaban y ella, ahora, me lastimaba a mí:

—Vos, que no vas a hacer nada nunca más, nos dejás abandonadas a la Florensia y a mí.

Me daba vuelta la cara. Yo esperaba hasta que se tranquilizara. Los tipos se habían ido. Solas, de nuevo, nosotras dos, me quedaba callada, me miraba las manos. Sin tierra en las uñas me parecía que esa piel mía era más clara, como si fuera de otra, o quizás, yo no quería ni pensarlo, como si fuesen las manos de una muerta.

—Yo nunca hacía nada. Solo podía ver lo que la tierra quería mostrarme.

—No seas tonta. La tierra vive adentro tuyo, vos siempre vas a volver.

Yo bajaba la cabeza y estiraba los dedos para mirarme la piel nueva, casi transparente, que me gustaba un montón. Ana no dejaba que me olvidara de la tierra. Igual que al comienzo de una tormenta, mis propias lágrimas iban cayendo sobre mí. Sabía que Ana tenía razón.

Al rato ella se quedaba callada, relojeándome de costado. Yo me llevaba las mangas del buzo a los ojos para llorar un poco más, ahogarme así la tristeza de pensar en Ezequiel y en la casa que habíamos tenido que dejar hacía más de un año.

—No llores más, mi chiquita. ¿Tan lejos te pensás que se fueron?

Yo no le contestaba. Me daba miedo cuando Ana se ponía a hablar así.

—Secate las lágrimas. Pronto, un policía te viene a visitar y después, aunque no quieras, también vienen los otros.

—No seas así. Ezequiel no vino nunca.

Ana giraba la cabeza con el latigazo de una risa furiosa. Rojos sus ojos de fuego que al apagarse nos dejaba exhaustas, como si hubiésemos corrido desde mi casa de antes, hasta esta cama de ahora en donde ella siempre me vuelve a visitar.

—Dormí de nuevo, mi chiquita. Conmigo, acá, vos estás tranquila y yo estoy viva.

Afuera es otra cosa.

8

Me despierto con la boca seca y la cabeza doliéndome un montón. Hoy tengo que salir a la calle porque estar encerrada me está haciendo mal. El hambre me obliga a buscar en la heladera para ver si alguno trajo algo, pero no hay nada más que unas birras. Si empiezo a escabiar desde ahora no voy a hacer nada, así que las dejo donde están. Miseria no volvió desde ayer y el Walter se fue hace un par de horas.

La casa está en silencio y yo tengo que decidir para dónde voy, si empiezo por buscar un mercado, un barcito, alguna plaza para ir a dar una vuelta. Mientras levanto el colchón y guardo frazadas y sábanas, pienso: ¿Habrá un cementerio en este lugar? La idea de empezar por ahí me encanta.

Todavía escucho las palabras de Ana rebotando en la cabeza: Pronto un policía te viene a ver...

¿Cómo va a encontrarme Ezequiel si yo me paso encerrada casi todo el tiempo? Quizás entre los policías que paran siempre a los costados del puente haya compañeros suyos. A lo mejor a él también le toca hacer guardias ahí de vez en cuando.

Voy hasta la pieza para abrir el cajón en donde mi hermano deja la plata. Él nunca acomoda los billetes, se los saca del bolsillo hechos un bollo y los deja así. Estiro dos montoncitos lo más que puedo, los doblo al medio y me los guardo. La cama es un revoltijo, las paredes están desnudas. Salgo de su pieza y en el baño me lavo la cara y me pongo un poco de rimmel y una remera tan oscura como el pantalón. Cuando termino, busco las llaves y salgo. El lugar donde vivimos ahora parece ir siempre a un ritmo distinto al mío. Yo me muevo en cámara lenta y todos los demás van apurados, como si los estuvieran esperando en otro lado. A mí hoy no me espera nadie, así que me tomo el tiempo para mirar las guirnaldas de colores en los locales. La mitad tienen cosas que no vi nunca. De un lado hay puestos de frutas, muchas son raras, no sé ni cómo se llaman, y a los costados hay bolsones enormes de arpillera llenos de choclos. Hay amarillos, blancos y negros, y unos más chiquitos, todos morados. Los choclos multicolores parecen juguetes, con sus granos salidos de un sueño en el que algún pibito los fue pintando con fibra y más abajo, amontonadas en redes, unas papas redondas y más chicas, con un cartel: Papas andinas. Arriba de cada local, cuadritos de muchos colores dibujan banderas. En la entrada de un negocio, hay una virgen de vestido rosa y dorado que sostiene a un Jesús muy pequeño. La bandera roja, amarilla y verde la recorre de lado a lado, cayendo desde su hombro hasta el borde del vestido. Virgen de Copacabana, dice en letras brillantes y es tan hermosa que no puedo evitar quedarme un rato frente a ella.

En el local de al lado pido un jugo de naranja. La mujer saca un filo más grande que mi cabeza para ir partiendo cada fruta en dos. Después mete unos cubos de hielo en una bolsa y los muele a golpes antes de ponerlos en el vaso. Exprime las seis mitades, echa el jugo y me lo da.

Pago y cuando quiero seguir, me topo con mujeres enormes sentadas sobre mantas tejidas a puro color y abiertas directamente sobre la vereda. La gente que pasa atropellando todo las esquiva. Algunas tienen la espalda apoyada contra los locales, el cuerpo derecho con los ojos apuntando al frente y en los pies unos muñecos que de lejos parecen personas de barro, niños dormidos o muertos. El tiempo acelerado del mercado se frena alrededor de sus cuerpos.

—¿Eso qué es? —señalo. La vendedora y una chica de mi edad que está al lado me ignoran. Solo pestañean y me clavan los ojos sin volver a hablar. Del otro lado, una mujer que parece tener todos los años del mundo me tira:

—Es pan de muertos.

No puedo creer que eso que parece el cuerpo de un pibe muerto sea solo una pieza de pan.

—¿Se comen?

Las dos mujeres más jóvenes suspiran fastidia-

35

das y la vieja, sentada ella también sobre una manta de muchos colores, me explica:

—Son para pedir abundancia. Acá ustedes no saben nada, por eso les va tan mal. —Inspira y va largando lento el aire.

Pruebo el jugo y lo siento caer en mi estómago vacío como si fuera ácido. Doy unos pasos hacia ella y corre una tela para que yo pueda verlos. Son ocho, todos tienen los ojos cerrados y las bocas como si las hubiesen cosido, tan apretadas que pienso en las cosas que me dice la seño Ana por las noches. A nadie le gusta escuchar lo que vienen a decir los muertos. Los brazos de las figuras están unidos a un cuerpo pequeño como el de un bebé y son tan marrones como las señoras que los custodian. Me quedo callada y la mujer vuelve a taparlos. Cuando me alejo, habla de nuevo:

—Hay que hacer la ofrenda.

La mujer sigue mis movimientos con sus ojos negros de mil arrugas mientras las otras vendedoras me miran con desprecio. Tengo ganas de hablar con alguien y la única que quiere contestarme es ella. Le hago un saludo con la mano libre y la mujer me lo devuelve.

Son tantas las horas que faltan para que Miseria y mi hermano lleguen que si no quiero estar todo el día sola tengo que seguir acá afuera y aguantar. En la cuadra siguiente está la entrada del shopping, siempre me parece que hay el doble de gente en la calle que allí adentro, pero en realidad no entré nunca.

Acá a la vuelta trabaja Miseria, solo tendría que doblar para llegar a su local. Cualquiera de los que trabajan con ella conoce el barrio mejor que yo, pero no quiero molestarla. A veces, cuando la acompaño hasta la puerta, vemos a algún policía y ella se cruza de vereda y yo voy atrás, tratando de no alejarme tanto como para fijarme si es Ezequiel, pero aunque siempre hay policías de este lado, Ezequiel no vino nunca.

En esta última cuadra antes de la avenida, todos son venta de celulares, tablets y ropa cheta y la música se escucha tan fuerte que parece un boliche a cielo abierto. Los que van en grupos te atropellan y siguen mostrándose unos a otros lo que acababan de comprar, como si un Dios brillante los llamara desde adentro de la pantalla. Todos se ríen y andan en grupos de amigos, ocupando la vereda casi por completo.

La puerta del shopping con su venta de helados junta a tanta gente que obliga a moverte al cordón para ir pasando por el costado hasta dejarlos atrás. Acá no hay banderas de colores ni mantas, todos locales de ropa deportiva o jeans ajustados como para ir a bailar. Miro para adelante hasta donde puedo. Los únicos que no avanzan son los pibes que reparten volantes, y casi al final, el cana que vigila la pizzería de la esquina, cada uno fijo en su lugar. El pibe de los volantes estira los brazos hacia cada uno que pasa. Le acepto el papel.

—¿El cementerio? —le pregunto fuerte, pero como tiene auriculares no me escucha. Me quedo parada, le hago un gesto y él se corre el auricular de una oreja. Le repito la pregunta y el flaco levanta el brazo y me indica:

—Es del lado de provincia. Primero cruzás Rivadavia y las vías del tren, girás a la izquierda hasta que pasás por abajo del puente, seguís un poco y lo vas a ver.

En agradecimiento, me llevo su volante.

Cuando llego al semáforo enciende la luz roja. Miro hacia un costado poniéndome en puntas de pie y ahí están los policías que controlan siempre esa esquina, pero hay tanta gente que no llego a verlos bien. El semáforo da verde y como me distraje, los de atrás me empujan para bajar a la calle. Espero a que se adelanten y cuando quedan pocos vuelvo a mirar. De lejos cualquiera de ellos puede ser Ezequiel.

Me gusta buscar un cementerio que no conozco y descubrir que siempre estuvo tan cerca. Quiero volver a sentir esa tierra abajo de mis pies. Abro el volante, EFECTIVO YA, hasta 50 mil, un préstamo a tu alcance, lo hago un bollo del tamaño de un caramelo y lo tiro entre las vías. Todos corren hacia la estación menos los vendedores, quietos en su lugar. El resto pasa apurado. Sigo la dirección de sus cuerpos hasta el andén. ¿Hasta dónde los llevará ese tren? Cuando termino de cruzar, la mayoría de la gente viene de frente. Tengo que esquivarlos. Acá ya no se escucha la música de las casas de electrónica, todo es ruido de bondis, autos y la campana que empezó a anunciar que el tren está llegando.

Bordeo las vías. En la esquina hay una venta de ropa con varios percheros a punto de explotar y montañas de remeras, buzos y pantalones apilados. Sigue un local de cosas de bebés con pañales que ocupan desde el piso hasta el techo y mamaderas gigantes todas llenas de regalos. Al meterme abajo del puente la luz del día desaparece de golpe. Sin el sol hace un poco de frío y sobre el suelo mojado se imprimen huellas de barro. Avanzan una tras otra las caras de los que vienen en sentido contrario. Un pibe comiendo un pancho y una madre con su hijo que casi me chocan. A pesar de la mugre y la oscuridad también acá hay puestos. Mesas armadas con un par de caballetes y una tabla de madera con pañuelos, medias, juguetes, pilas, billeteras. Hacia el final hay una zona a la que no llegan ni vendedores ni sus mercaderías. Todo se detiene en una pared enorme y gris. El paso termina en un mural construido por cientos de papeles muy pequeños. Ni el sol se anima a meterse con ellos. Me voy acercando con el corazón golpeándome asustado. Nunca había visto tantas caras de mujeres juntas. Millones de ojos negros como semillas arrojadas al aire con una última esperanza de volverlas a la vida: Chicas VIP. Estoy sola en mi depto. Nancy, te estamos buscando. Irma, curandera ancestral. Taís y Lucy, traviesas. Hermana Irma, adivina. Julia, vista por última vez el 5 de abril del 2018. Juana, vestía jeans y pulóver violeta. Cindy, leo tu suerte. ¿Dónde estás, Mica? Todavía te espero. Betty, la más dulce de la estación. Estrella, leo tus manos. Hago trabajos blancos y negros. María, desapareció en Floresta.

Me imagino mi cara ahí, una más entre miles y un escalofrío me sacude el cuerpo. Tengo ganas de vomitar la pared en donde todas somos desaparecidas, putas o videntes. Me acuerdo de la voz de Miseria: Acá desaparece gente todo el tiempo. Acá, tu don es oro y lo odio. Si la ciudad es esto a mí no me gusta nada. Alguien me empuja desde atrás y me acerca a la pared. Quedo tan pegada que apenas puedo estirar la mano para acariciar los papelitos, algunos están demasiado altos y es imposible llegar ni con lo último de los dedos. Miro a las chicas tratando de recordarlas, pero son tantas que no voy a poder memorizar más que un puñado mínimo. Me da una tristeza enorme. Ya no quiero seguir. Voy a venir otro día, por ahora me alcanza con saber que la entrada del cementerio está ahí enfrente. Arranco para la casa, me choco a un par de personas hasta que me uno a los que van para la estación, trato de no mirar a nadie pero sobre todo, intento que nadie me mire a mí.

Cruzo las vías y esta vez no hay señales del tren. Sigo hasta la avenida, los autos pasan furiosos y yo me apuro para que no me atropellen. Apenas un poco más allá hay un cana de espaldas. Me voy acercando hipnotizada: su altura es igual; también los brazos, el pelo, el ancho de la espalda dentro del uniforme, todo es calcado al cuerpo de Ezequiel.

El mundo se para.

Me cuesta respirar, el aire se convierte en una pasta espesa. Me acerco lo suficiente para apoyarle la mano en el hombro y el cana se da vuelta. Pero es solo un policía más. Me quedo callada, soy una chica que lo mira de frente como si fuera un fantasma y tengo ganas de llorar.

Dejo atrás la entrada del shopping lo más rápido que puedo para llegar hasta la cuadra de las verdulerías. Trato de contener las lágrimas, pero todo de pensar en Ezequiel me pone triste. La señora del puesto de los panes todavía está ahí.

—Sabía que ibas a volver.

Y con una mano despliega su manta desnudando media docena de figuras humanas. Primero descarto a los bebés, después a los hombres, quedan solo dos mujeres que tienen trenzas de pan y unas bocas rojas que brillan en la masa apenas dorada. Son hermosas. Elijo una que no se parezca a nadie, ni a mi mamá, ni a Ana, ni a la Florensia, solo una forma de mujer que me sirva para todas. Cuando la levanto me asombra que sea tan liviana.

—Ahora me tenés que pagar.

Saco todos los billetes del bolsillo y se los doy. Ella me sonríe despacio, sin dientes, desarmándose, como si también estuviera hecha de masa suave, un pan en donde los muertos se sienten felices de visitarnos.

—Mañana es el día de tus muertos.

Dice con alegría, como si ahora sí se hubiera decidido a contarme un secreto terrible y hermoso a la vez.

Recién ahí me animo a preguntarle:

—¿Y la ofrenda? ¿Cómo es?

9

Ya son más de las once de la mañana y todavía ni el Walter ni Cometierra me atienden. Qué suerte que no los estoy llamando para decirles que el bebé está por salir. Le sonrío a la Tina que apenas abrió un ojo y ya se levanta. Dejo el teléfono arriba de un almohadón y mientras me llevo un chicle a la boca, escucho: Miseria, tenés que desayunar algo de verdad. No chicles. Vuelvo a levantar el celular. La Tina me mira marcar y trata de distraerme. Dice que ya va siendo hora de ir a comprarle ropa a la guagua porque yo todavía no tengo nada, pero hoy es domingo, nuestro local y todos los demás están cerrados.

Ayer no llegué ni a la cama. La quedé acá, entre la montaña de almohadones y la colchoneta que mi amiga tiene para ver televisión. Yo también empiezo a parecerme a un almohadón gigante. Ella me dijo que estábamos viendo una de terror y que por un rato dejé de hablar como cotorra, y eso le pareció rarísimo y se fue acercando despacio hasta ver que me había dormido, y que ahí apagó la tele y solo dejó una luz baja para cuando volviera su José. Pero José no volvió nunca, ¿no? Enseguida pienso que mejor hubiera sido callarme.

Dormiste como una criatura. Nuestros chinos son capaces de querer abrir hasta el domingo. Contesta la Tina cambiando de tema. Suerte para nosotras que los domingos esta zona es un desierto.

La Tina se levanta, se sirve un vaso con un montón de jugo y apenas un chorrito de vodka mientras me pregunta si quiero algo, y va para la pieza de su hijo. Yo le digo que todavía no tengo hambre y que el chicle me saca las náuseas de la mañana. En la pared hay un tapiz tejido con lana de un montón de colores. El fondo es verde y tiene muchas plantas y árboles que van mezclándose alrededor del cuerpo de una piba de piel naranja fluorescente que lleva algo en la mano. Tiene el pelo oscuro y avanza como si fuera a salirse del tejido que termina en cientos de flecos. Sobre su cuerpo hay un pájaro enorme con las alas abiertas, no sé si la está cuidando de algo o es un pájaro que sale de ella. Sus alas son de plumas azules y violetas y su cabeza está de costado, mostrando con orgullo un pico naranja como si fuera una corona. Al lado del tapiz hay una foto de la Tina cuando era como yo, sonríe con un bebé a upa. Desde acá veo también las fotos en la pared de la cocina, hay una de la Tina, enorme y en blanco y negro, con tres niños que no sonríen y hacen que la risa de mi amiga parezca todavía más grande. La Tina siempre tuvo unos dientes hechos para reírse, aunque sus ojos estén tristes. Por más que la foto no sea en colores puedo adivinar el labial rojo en su boca. Mi amiga está muy contenta, pero siento que algo le pasa. Tina, quiero comprar ropa de bebé. ¿Vamos mañana? Ella no me escucha. Está sumergida en la pieza de José haciéndose la que ordena. Levanta algo del piso, y la cara le cambia como si se le hubiera cruzado una nube oscura por adentro de la cabeza. Después busca entre las sábanas y abajo de la almohada. Revuelve todo disimulando mal su desesperación. Hace la cama con una manta de lana tan colorida como el tapiz de la pared. Me imagino la cantidad de manos que habrán trabajado haciéndola y por un segundo me acuerdo de mi mamá en invierno, de sus manos tratando de armarme una cama calentita. La Tina aprovecha para mover el colchón y seguir revisando. Cuando termina se acerca al balcón. De pasada deja el vaso vacío arriba de la mesa y después, corre la puerta de vidrio para salir y encenderse un pucho y mientras fuma, me habla con bronca, como si quisiera putear: Si hubiera sabido que José no venía te hubiera pasado a su cama. No me gusta que andes así de preñada durmiendo en cualquier lado. Tu pibe es chico y ayer fue sábado. Me desperezo y estiro las piernas porque dormí enroscada. Ya te debés haber olvidado lo que hacías a su edad. Tampoco ahora me contesta. Fuma su cigarrillo en un silencio que se me vuelve eterno y yo aprovecho para volver a mandarle un mensajito al Walter y cuando empiezo a dejarle también un mensaje de voz a Cometierra, me interrumpe la Tina cada vez más enojada. Dice que a la tarde, cuando lo llamó, José todavía estaba en la casa y no le dijo que iba a salir. La escucho y sé que está más preocupada que otra cosa, busco distraerla y le repito: Quiero comprar unas ropitas de bebé. ¿Vamos mañana? Y ahora mi amiga larga el humo del cigarrillo de golpe y después entra y cierra el ventanal de vidrio y me dice que sí, que los bebés nacen con un par de grados menos y que por eso hay que abrigarlos de más durante los primeros días. Después me cuenta que cuando José nació hacía más frío que nunca. Es que era junio, ¿sabés? También te voy a enseñar cómo poner a la guagua en su cuna para que no se le corte el cordoncito de plata. ¿Cuna, ya tenés? Le contesto que no y la Tina pone los ojos en blanco y se agarra la cabeza con las dos manos. Después dice que seguro que tampoco sé tejer y ya ni le contesto. Pienso que el Walter y yo estamos colgando en un montón de cosas y de nuevo quiero hablar con él, pero miro el celular y nada.

Tengo sed y la Tina no tiene mate y yo me muero de ganas de tomarme un par, tanto que pienso en salir a comprar uno, pero necesitaría también una bombilla y yerba, y eso ya es un montón de guita. Además, como José sigue sin aparecer, la Tina está sufriendo y no quiero dejarla sola ni siquiera el rato que tardaría en ir a comprar. Intento llamar al Walter pero ni bien me acerco el celu a la oreja me salta el contestador. Le empiezo a hablar al teléfono pero el ruidito que marca el final del mensaje me corta enseguida. El estómago se me revuelve y mastico el chicle a toda velocidad para que me vuelva el gusto a frutas. Ni bien caiga José me voy a casa a ver en qué andan.

Busco darle charla, pero la Tina me contesta todo sin ganas, apenas con un sí o un no. Intento varias veces con preguntas y ya ni siquiera me responde. Miro desde la ventana del departamento y en las calles hay un cuarto de los autos de siempre. Los domingos todo se ve más gris. Apenas un par de personas por las veredas. Como van en grupos, deben ser pibes que vuelven de bailar o de tomar algo. Pienso cuánto extraño todo eso y le digo a mi amiga que ponga cumbia y prepare unos jugos. La Tina me da bola, prende el equipo y se va para la cocina. Unos minutos después su hijo entra tratando de no hacer ruido. Cuando me ve se pone contento. Nos miramos como si ya fuéramos amigos y él se acerca, me saluda con un beso y aunque no cerró un ojo en toda la noche, se queda. Mi amiga sigue en la cocina y los lamentos de la música triste que puso no la dejan escuchar nada, canta imitando una voz de enamorada a la que acaban de abandonar y corta frutas. Su hijo y yo la escuchamos y nos reímos bajito. Desde que pasó la puerta le vi el chupón morado en el cuello, es más oscuro que los que el Walter me hace a veces a mí, porque el hijo de la Tina tiene la piel de chocolate calcada a la de ella. Me dice que se llama Yose y acerca un banquito y se sienta como si quisiera estirar la noche con nosotras dos. Lo miro y me gusta, huele a un perfume dulce que se desprende de la campera bordó que tiene puesta arriba de una camisa negra con detalles en lentejuelas que le habrá puesto él. Todavía le dura el rimmel en las pestañas y los brillitos arriba de los ojos. Tiene toda la onda del mundo. Cuando la Tina sale de la cocina y lo ve, le cambia la cara. Abandona las frutas y se viene hacia nosotros como un tornado, apaga la música tironeando del cable. Ni siquiera se acuerda de las bebidas que acaba de hacer. Los ojos de Yose giran hacia su madre: José Luis, ¿se puede saber en dónde andabas? Me levanto y les digo que yo ya me voy, pero ni me escuchan. Tampoco me contestan y yo entro a la cocina para dejarlos solos. Me sirvo un vaso de jugo y lo voy tomando despacio, con cuidado de no tragarme el chicle. Dos vasos con muchos pedazos de frutas están abandonados arriba de la mesada, los hielos empiezan a derretirse mientras la Tina y su pibe se gritan de todo. Me termino el jugo porque estoy muerta de sed, el chicle tomó un poco de su gusto y de nuevo la mezcla de frutas me alivia el estómago. Me acuerdo cuando mi mamá me decía que no me tragara los chicles porque se me iban a pegar adentro de la panza y me podía morir y yo me imaginaba un puñado de chicles viejos aferrados a mi estómago como garrapatas grises.

Abro la canilla, enjuago el vaso y lo dejo dado vuelta en el secaplatos, haciendo tiempo a ver si estos dos se calman de una vez. Pero cuando salgo el hijo de la Tina sigue gritando: Además, me llamo Yose, no José. José Luis se murió, entendelo de una vez. Y pega un portazo. Me acerco a mi amiga para abrazarla y que baje un poco y acepta el abrazo durante unos minutos y después, me tira: Así es mi hijo, pero no importa. Vos no te vas sin probar mis jugos. Volvemos a la cocina. Mi vaso resulta ser una ensalada de frutas con un poco de hielo. Pero el de la Tina es casi todo jugo y ella ahora le echa dos chorros largos de vodka. Tomamos sin música porque mi amiga sigue rayada, dice que su hijo es otro desde que sale de gira de viernes a domingo y después, no hace más que dormir o encerrarse en su pieza prendido a la computadora. Mientras habla llamo al celu de Cometierra. Tampoco ahora atiende y le dejo un mensaje de voz. ¿Come qué? La Tina no espera que le conteste. Arranca a decir de nuevo de viernes a domingo José Luis anda sin dormir y ahora encima está con eso de cambiarse el nombre. Mientras mastico un pedazo de una fruta tan ácida que estoy segura que nunca antes la probé, la escucho descargarse. La Tina no para de sacarle mano al pibe y yo intento defenderlo y que mi amiga entienda que es solo salir de la misma forma que todos los pibes de su edad, pero ella cada vez se enoja más. Después de su primer trago, se prepara otro al que ni frutas le manda. Es apenas hielos y jugo recargado de alcohol a más no poder. Sigue hablando tan fuerte que tengo miedo de que Yose la esté escuchando. Miro el teléfono de nuevo, Cometierra no me respondió y las quejas de la Tina empiezan a limarme la cabeza: Nosotros no tenemos los documentos de acá como para que salga así todo el tiempo, y con toda la cara pintada. Si le pasa algo a José Luis ni siquiera lo podría buscar. Desaparecen muchos jóvenes por acá, ¿quién nos prestaría atención a nosotros? Bostezo y no sé si de cansancio o para hablarle de otra cosa, pienso en Cometierra y le digo: Mi amiga antes de venirnos trabajaba de eso. ¿Cómo que de eso? Tina se despacha: ¿Sabés lo que es buscar un hijo sin tener los documentos? Eso de buscar gente. Y era la mejor buscadora que hay, los encontraba a todos. La Tina ya no habla, por un momento se olvida de su enojo. Hasta la voz le cambia: ¿Qué? ¿Eso hace la muchacha que vive con vos? Al principio me encanta que por primera vez en la mañana piense en otra cosa, y para que siga dándome bola le digo que sí, que es una genia, que en el barrio era la mejor y hasta la gorra venía a pedirle que buscara gente. La Tina se me queda mirando fijo y a mí me parece que flashea que le estoy mintiendo. Pero su cara se enciende como si hubiera visto un fantasma, se baja el vaso de una: ¿Qué hace para encontrarlos?

Y yo, que nunca pensé que me iba a preguntar eso, apenas llego a levantar los hombros y a bajarlos con cara de yo qué sé, pero la Tina me caza rápido del brazo: Ahora me contás.

10

Pero si acá está lleno de adivinas por todos lados. Todas embusteras, desprecia la Tina con tanta seguridad que parece que ya las hubiera consultado una por una. Pero vos decís que tu amiga los encuentra de verdad. Hasta que no me cuentes lo que hace esa muchacha, no te vas. La Tina tiene ahora una cara que no le había conocido nunca y me da miedo. No me deja de apretar el brazo y no me puedo mover: Come tierra y los ve. Entonces me suelta y fija los ojos en la pared donde ella misma, joven, sonríe desde las fotos con varios pibitos alrededor. Está ida. Repite: Yo te escuché llamarla Cometierra. Y todo en su cara me está acusando. Y me doy cuenta ahora de qué manera me la mandé. Va a ser imposible que se olvide de esto. Sale de la cocina como una sonámbula y la escucho correr el vidrio del balcón para volver volando con una planta espantosa que me obliga a agarrar.

Se toma lo que resta del vaso y se prepara otro más, puro alcohol y hielo. Vuelve en cortocircuito total. Vomita una catarata de razones por las que Cometierra tiene que volver a tragar. No sé si va a llorar o a pedírmelo a los gritos cuando me habla por primera vez de los hijitos que le faltan. Mis niños perdidos, repite y señala a la pared todo el tiempo. Nunca en este año juntas la vi así de sacada y por primera vez me quedo sin darle charla. Sé que diga lo que diga ya es tarde.

La Tina no para de largar unas lágrimas muy chiquitas que, a medida que van bajando por el costado de los ojos, se gastan hasta desaparecer. Me pone tan mal verla así que abro la boca para decirle algo que me gustaría que entienda porque es la verdad: Pero Tina, desde que nos vinimos para acá, mi amiga no quiere saber nada más de la tierra. Ni que le hubiera pegado un tortazo se hubiese puesto así de loca. Parece poseída y no hace más que repetir: Tiene que hacerlo. Esa muchacha tiene que comer tierra solo una vez más. Una sola. Con saber qué pasó con mis hijos ya me alcanza. Abre y cierra la heladera nerviosa. Los tragos se hacen muchos más y yo me siento secuestrada.

Tengo ganas de salir corriendo pero necesito que alguien me abra la puerta de abajo. Yose sigue encerrado en su cuarto y a pesar del ruido que hacemos ni se asoma.

Miro a la Tina a los ojos, trato de sonreírle: Hoy voy a hablarle. Dejo la planta al lado de mi vaso y empiezo a acomodar las pocas cosas que tengo en los bolsillos para que mi amiga entienda que me voy y me mira con los ojos echando rayos.

Amiga, ya entendí lo que es esto para vos. Hoy voy a llevarle la planta a Cometierra y a contarle todo.

La Tina no hace ningún movimiento como para dejarme salir, menos para acompañarme hasta abajo. Entonces agarro la planta de nuevo, como si me gustara: Se la llevo de regalo y seguro Cometierra me dice que sí. Me explica que es una ruda. Como si fuera algo superimportante y aunque no tengo ni idea, le hago que sí con la cabeza, que entendí todo pero que ahora me voy. Los ojos de la Tina se apagan un poco, parece que un diablo la estuviera soltando desde adentro para dejarla descansar, pero todavía no me animo a moverme. Veo cómo hace un esfuerzo grande por calmarse y volver a ser la Tina de siempre. Y entonces sí, doy el primer paso con miedo y enseguida otros más, salgo de la cocina y ella se viene atrás mío. Bajamos en el ascensor un tiempo que me parece eterno porque no puedo dejar de oler esta planta de mierda que me da ganas de vomitar.

Nos damos un beso en la vereda. Sabemos que pase lo que pase mañana tenemos que vernos en el local. El chicle en mi boca perdió su gusto para siempre. Lo siento deshaciéndose y bajando por adentro mío y pienso en mi bebé tragándose esa porquería. Apoyo la planta en el suelo y me lo saco de la boca, lo hago una pelotita y estiro el brazo para pegarlo en la pared. Pero veo que en el portero eléctrico alguien escribió YOSELIN TE AMO al lado del timbre de la Tina y sonrío, demoro el chicle entre los dedos hasta formar un corazón chiquito, de un gris apenas rosa y se lo pego al lado.

Cuando salgo a la calle una bici me pasa por adelante a toda velocidad, es una piba que maneja sin manos porque se está acomodando los auriculares. Me da miedo que me pueda chocar. Tiene más o menos mi edad y cuando nos cruzamos, se queda mirándome la panza. Ni bien mi bebé crezca le voy a pedir al Walter que nos enseñe a andar.

Trato de apurarme. Me preocupa pensar en cómo se va a poner Cometierra cuando le cuente todo. También la Tina mañana cuando nos volvamos a ver. ¿Por qué nunca puedo callarme la boca? Estoy llegando a la esquina y lo único que veo son pibes en bicicleta. Apoyo la planta en el piso para sacar la llave del bolsillo. Mejor dejarla afuera. Pero pensar en la cara enojada de la Tina hace que la meta atrás de la puerta. Adentro apenas se escucha el zumbido de la heladera como una mosca revoloteando. Siento que me fui hace una semana pero solo pasó un día. Me voy para mi pieza creyendo que no hay nadie, pero me encuentro a Cometierra durmiendo como si todavía fuera de mañana. Al costado dejó varias latas de cerveza vacías. Me siento, todavía tengo el olor de la planta y me vuelven las náuseas. Pienso en el quilombo que me metí y tengo ganas de llorar. Miro a Cometierra, le acaricio la cabeza y le corro el pelo de la cara. Me acuerdo de nuevo de mamá diciendo: Ay Miseria, no seas tan charleta. Tenés que aprender a pensar antes de abrir la boca. Miro el celular, son las tres de la tarde. Tengo hambre y no quiero comer sola. Vuelvo a sacudir a Cometierra, pero ella sigue durmiendo. Habrá pasado toda la noche sola, despierta y dando vueltas por la casa. Cometierra no abre los ojos y yo la agarro del brazo más fuerte y ni siquiera se mueve, pero adentro mío el bebé empieza a patear. En la heladera hay Patys y Coca, al final el único que me acompaña es mi bebé. Voy a cocinar para nosotros dos.

11

Pasarse un día durmiendo no es nada, pero despertarse apenas va empezando la noche es de lo peor que te puede pasar en el mundo. Quise acostarme un rato y me dormí doce horas seguidas. Como Miseria está al lado mío, trato de no hacer ningún ruido para que no se despierte también.

La pieza va absorbiendo los sonidos y los trae hasta mí, como si fueran los latidos de un mundo que también descansa. Ahora que todos duermen menos yo, es lindo escuchar la música de la oscuridad salpicada de respiración y de sueños. Me quedo un rato pegada a Miseria. Sé que alguien vive adentro de ella, escuchándola trato de oírlos a los dos. Su pecho se mueve hacia arriba dejando entrar el aire y baja haciéndolo salir de a poco, alejándome de eso que le crece adentro como un secreto. Me levanto con cuidado de no sacudir la cama y salgo del cuarto. Mi hermano está tirado en mi colchón. Es mi culpa que no haya podido usar su cama. Voy hacia la claridad que entra por la ventana imaginándome que es, ahí afuera, la luna, pero cuando llego hasta el vidrio ni siquiera se ve el cielo. Son las luces de los carteles infinitos que devorándose todo se tragaron hasta las estrellas. A veces las extraño casi tanto como a la tierra. Estamos arriba del cemento, siempre despegados del piso pero tampoco podemos ver el cielo. Me miro en el vidrio de la ventana como si fuera un espejo y parece que no hubiera descansado nada. Tengo unas ojeras que asustan y el pelo que no sé cuándo me creció así. Me doy vuelta y veo arriba de la mesa, olvidado, el pan de los muertos. Tiene sus ojos cerrados igual que el Walter, pero no es lo mismo estar dormido que estar muerto. Tuve suerte de que a ninguno le dio por comérselo.

—Tienes que hacer la ofrenda —ordena la voz de la señora de la feria desde adentro de mi cabeza y sé que ya debería haberla preparado hace horas. Me siento frente a la mesa para pensar:

¿Qué quiero de los muertos para molestarlos?

Al lado del pan hay una cubetera vacía. Miseria la usó para tomar Coca y no la volvió a llenar. Hay dos cuadraditos con agua de hielos derretidos. Una mosca pequeña se ahogó en uno y ahora flota. Algo me molesta. Los hielos son para el fernet, la Coca es para el fernet y no para dejarla olvidada arriba de la mesa. Como es la única cubetera que tenemos, sé que ya no queda ningún hielo en la heladera. Abro la canilla y la meto abajo del chorro. Se llena y la giro para que se vacíe. Enjuago la parte de atrás y cuando está limpia, la lleno de agua.

—Tienes que darle de tomar y de beber los preferidos del muertito.

Cuidando que no se vuelque, abro la puerta del congelador, apoyo la cubetera y cierro. El fernet sin hielos es solo un remedio para la panza. Tengo que esperar un par de horas hasta que estén listos. Por suerte queda una Coca-Cola sin abrir. Lo menos que quiero ahora es un fernet sin gas.

—¿A quién quieres honrar? ¿A cuál de tus muertos quieres hablarle esta noche?

—A mi mamá —contesto y me dan ganas de llorar. Hago fuerzas para que no se me escape ni una lágrima. Hoy, en este barrio es noche de fiesta y yo no quiero perdérmela. Necesito creerles a todos nuestros vecinos que puedo volver a escuchar su voz.

Salgo de la cocina y me acerco al pan de muertos. La ofrenda sigue vacía porque todavía no le puse nada.

—Tienes que prometerle a la difuntita. Si quieres le pides dinero. Si quieres le pides abundancias. Si le hablas con el corazón, ella va a escuchar.

Miro alrededor. De las cosas que le gustaban a mi mamá no tenemos nada. Como ella murió a mis siete años estoy obligada a recordar siempre lo mismo. Los animales de vidrio que se perdieron todos, nuestros cumpleaños, las plantas que iba poniendo en el terreno y que nunca pararon de crecer, la plaza a la que nos llevó la última vez al Walter y a mí.

Esa mañana que pasamos juntos, mamá nos despertó y dijo que nos vistiéramos. Éramos chicos, todavía dormíamos en la misma pieza, pegada a la de ella y el viejo. Me ató los cordones pero quería que aprendiera a atármelos sola, por si alguna vez ella no estaba.

Yo me reía.

—¿Adónde te vas a ir?

Y ella también me mostraba los dientes más lindos del mundo. Aunque tuviera cascaritas de sangre seca al lado de la boca, su risa era el sol.

—A ningún lado, Aylén, yo no me voy a ir nunca.

Mamá nos había despertado para decirnos algo y había que salir de la casa sí o sí.

—La pelota —había dicho el Walter.

Y con mamá nos habíamos quedado esperándolo afuera de la reja hasta que salió con su pelota en la mano. Caminábamos despacio, porque ella dijo que se había caído en el baño y le dolía la pierna y ya no las cascaritas de sangre alrededor del labio hinchado. Un paso suyo eran dos pasos míos y yo los caminaba detrás de ella, imitándola, pisando justo sobre sus huellas, picada por la curiosidad de lo que quería contarnos.

En la plaza no había más juegos que unas hamacas de cadenas gruesas. El Walter y yo nos poníamos boca abajo, la panza pegada a la madera de un rojo descascarado y dábamos vueltas enroscándonos. A medida que se iban enredando, las cadenas se hacían cada vez más cortas hasta que con el último envión, la hamaca nos levantaba del suelo y sentíamos el sacudón de cuando empezaba a girar hacia el lado contrario, a toda velocidad. Yo veía girar la tierra abajo mío y me encantaba. A veces terminaba tan mareada que me caía al piso riendo, y el Walter me miraba desde arriba, como solo lo hace un hermano mayor, y se agarraba bien fuerte a las cadenas, para pararse con los dos pies juntos en la madera de su hamaca y empujarse hacia delante y atrás. Mi hermano doblaba las rodillas y las volvía a estirar, hasta que ya no las doblaba sino que empezaba a impulsarse con toda la fuerza de sus piernas. Parecía que él y su hamaca iban a dar la vuelta completa. Y yo amaba verlo tan enorme, porque desde el suelo de la plaza el Walter estirado sobre su hamaca parecía volar.

Pero esa mañana mi hermano solo quería dar patadas a la pelota y mamá, que hacía unos días que se había caído en el baño, decía que no, que no podía, que le dolía la pierna, que habíamos salido para hablar, que ella iba a contarnos algo, que más adelante sí iba a jugar, íbamos a jugar nosotros tres. Pero papá no, papá no jugaba, papá no más. Que de eso quería hablarnos. Que quería que papá se fuera de la casa para siempre.

—Hijos, yo no me caí en el baño —dijo y yo me quedé tan quieta como si fuera una muerta. El Walter no. Él pateaba con bronca para no escuchar. Le hubiera dado lo mismo una pelota que un árbol o un subibaja.

—Esta noche voy a decirle que quiero que se vaya, que quiero que nos deje en paz.

El Walter seguía corriendo atrás de la pelota como si en realidad un demonio lo estuviera pateando a él.

Y yo me había quedado quieta, los puños apretados como dos piedras.

—Atate los cordones, Aylén, tenés que aprender sola. ¿Mirá si yo no estoy?

Y yo seguía dura como las estatuas de la plaza, mirando el estallido de sangre alrededor de su boca, tratando de entender. Y la escuchaba, como siempre, enamorada yo de mi mamá.

Éramos chicos el Walter y yo y ella me parecía grande, pero parada frente a la ofrenda vacía arriba de la mesa, el pan de ojos cerrados, la masa callada, ahora que nosotros seguimos creciendo y mamá hace tiempo que ya no, ella me parece tan chica como nosotros en esa plaza donde éramos, por última vez, nosotros tres juntos.

Vuelvo a la ofrenda y le hablo a ella:

—Mamá, soy yo, Aylén, ¿me escuchás? Llevo doce años atándome los cordones sola.

Siento los ojos traicionándome, me arden las lágrimas que no dejo salir. Aprieto la mandíbula y me quedo callada. De la tristeza que siento me parece que no voy a poder ofrendar.

—Tienes que hablarle contenta. La ofrenda

tiene que ser todas las cosas que le gustaban a la muertita, juntas.

¿Contenta? La ofrenda vacía me da vergüenza. Me levanto para volver a meterme sin hacer ruido en la pieza. Miseria duerme y yo busco el porro que ayer no me terminé. Cuando lo encuentro me doy cuenta de que solo es una tuca. El Walter debe tener más pero no puedo revolver los cajones, solo abro uno, el cajón donde guarda una foto de mamá, la saco sin ver en la oscuridad porque me la sé de memoria. Levanto la tuca y salgo.

—Si quieres, le pides riquezas. Abundancias para ti. Piensa bien, a lo mejor las cosas que crees que te faltan son las que más te sobran.

Voy a la cocina. La caja de fósforos está vacía, me da bronca que no la hayan tirado a la basura y la revoleo al tacho. Al lado de una hornalla hay un encendedor. Enciendo la tuca.

Aspiro un humo dulce y me lo trago con ganas de que se lleve la tristeza lejos de mí. Espero un rato y ya no estoy tan enojada. Vuelvo a probar el humo dulce y ni siquiera tengo que cerrar los ojos.

Ahora mamá me hamaca mientras que el Walter sigue con su maldita pelota.

Ahora me río y vuelo sintiendo al bajar las manos de mamá en la espalda. Ahora las mismas manos que me sostuvieron camino a la plaza, me empujan para que pueda volar.

Ahora estoy arriba, estirando las piernas lo

más que puedo. Se me vuelan los cordones y el pelo suelto mientras siento el viento que me da en la cara.

Vuelvo a darle una pitada profunda a la tuca que está terminando de quemarse. Trago el humo. Ya ni siquiera sé en lo que pienso.

Saco dos vasos iguales y preparo dos fernets usando todo lo que queda de Coca. Abro el congelador y saco dos hielos para cada vaso. Me vuelvo a apoyar en la mesada a tomarme mi fernet y ahora sí estoy contenta. Me río sola, en mi cabeza y bien adentro del corazón, mamá todavía está conmigo y me hace volar. Cuando termino el trago, abro el cajón de los cubiertos y saco el paquete de velas. Salgo de la cocina y apoyo el vaso y lo empujo hasta la mitad de la mesa.

Veo que al lado de la puerta hay una planta. La levanto y la pongo también sobre la mesa. Trato de que la foto de mamá quede derecha contra el fernet. Como se dobla hacia delante, vuelvo a acomodarla, parada, contra el vaso lleno. Pongo un tema de Gilda y dejo el celular sobre la mesa.

—Si pides bien, ella te va a dar. Tendrás un año rico, un año de prosperidades.

Miro los ojos dormidos de mi pan de muertos y digo:

—Mamá, te pido que me escuches... —y la voz se me corta.

Yo no sé rezar. No me sé las oraciones de las

64

iglesias, ni siquiera los conjuros que murmuran las curanderas.

¿Se acordará, todavía, mamá de mí? Doce años es mucho tiempo. Morirse es más tiempo todavía. Vuelvo a buscarla en la foto. Yo salí de su cuerpo abierto como se abre la oscuridad de la noche al mostrarme cosas. Pienso en Miseria arriesgándose a eso, tener que preocuparse por un hijo para siempre, tanto que ni siquiera muerta te deje de joder.

En la foto, su pulóver azul, suave como la panza de un gato, que se habrá perdido igual que ella, su pelo largo que todavía vive en mí, los ojos oscuros que parecen acariciarme, empujándome hacia arriba de nuevo, hasta hacerme volar.

—Mamá, soy yo, Aylén... —La llama de la vela se mueve hacia un costado como si entrara viento a la casa. Hasta la respiración del mundo parece haberse apagado para espiar lo que vamos a decirnos mi mamá y yo.

Estoy acá. Yo me invento mis propias palabras para hablarles a los muertos. La luz helada de la ventana se va apagando y las de las velas crecen, se hacen enormes, brillan como si las estrellas fueran criaturas de la noche que abandonaron el cielo para hacerse ofrenda. Y yo sé, ahora, que mamá me escucha.

—Mamá, soy yo, Aylén. Te pido que el hijo del Walter y Miseria nazca bien.

12

Para esquivar a la Tina, me pedí los tres únicos días libres desde que entré al local. Llamé a los dueños, dije que me sentía mal, que tenía de esas contracciones de las que me habla todo el mundo, y que iba a faltar hasta el jueves. Durante tres días me dejaron en paz. Chinos, hubiera dicho la Tina cuando al día siguiente me dijeron que para seguir faltando tenía que ir al hospital y llevarles un papel. Pero no fui ni al local ni al médico y hoy es el quinto día desde que no voy a trabajar. El Walter se ríe porque no sabe nada de lo de la Tina, sus hijitos y la planta sin flores que me obligó a traer. Él solo piensa que estoy de vaga quedándome todo el día en la casa y le parece superbién. Este tiempo sin ir al local fue el más lindo del mundo. Ya no puedo seguir esquivando los mensajes en mi teléfono: o voy al médico o voy a trabajar y a enfrentar a la Tina.

El Walter se acerca, me acaricia la panza y me da un beso, toda la semana estuvo arrancando tarde. Quiere comprarse una moto para la primavera porque vamos a poder subirnos los tres. El tiempo cuando estoy con él se pasa volando. Ahora se levanta y se aleja de la cama, ni siquiera lleva puestos los calzones y verlo desnudo buscando sus cosas me llena la boca de saliva. Daría todo porque se quedara la mañana entera conmigo así como está. Él se da vuelta y me sonríe. Sé que no tiene ni idea de lo que estoy pensando. Se viste a toda velocidad y antes de salir, se acerca y me da un pico y yo no lo dejo que se aleje. Aunque ya está con toda la ropa puesta, le toco la verga por arriba del pantalón y el pico se transforma en beso, en lengua, en caricias.

Pero el Walter me corta, dice que a la noche la seguimos, que ahora se tiene que ir. No me queda otra que activar también. Vestirme y salir a buscar un papel de algún médico.

El hospital está estallado de gente. Ni bien entro me choco con tres filas interminables, una dice CON TURNO y es tan larga que se enrosca como un caracol. Yo me formo en la del medio, parece tener el doble de personas y un tipo con cara de querer irse a su casa, atiende al lado de un papel blanco que dice SIN TURNO en fibra negra. Después hay un hombre más grande que vende garrapiñadas y enfrente una viejita que ofrece pebetes de jamón y queso, revistas de crucigramas y biromes. La fila siguiente está un poco más allá del mostrador y su cartel dice TURNOS, la gente está sentada en el suelo, algunos duermen acomodando la cabeza en las piernas de otros, se ve que todavía no empezaron a atender. Ni un minuto duro siendo la última de mi fila porque enseguida llegan dos chicas y se forman detrás mío. Una se apoya en la otra y mantiene un pie en el aire. Cada tanto la más alta le da un beso en la frente y ella avanza sin apoyar el pie. Las veo de reojo porque no quiero molestar. Me muero de ganas de charlar con alguien y algo en ellas dos me cae muy bien. Las más alta es tan chica como yo y la más baja tendrá apenas un par de años más. Me gusta cómo se cuidan. No me animo a decirles nada, así que me doy vuelta y por un rato las dejo en paz. Cuando el bebé salga voy a tener a alguien para hablarle todo el día.

La fila avanza, después de estar una hora parada se me fueron las ganas de todo. Quisiera irme para volver a mi cama y que el Walter esté ahí, tan desnudo como esta mañana, pero no puedo perder el trabajo justo ahora y ya estoy por llegar. Miro al lado del mostrador principal al hombre grande que tiene su puesto de garrapiñadas. Me gusta verlo con sus manos enormes poniéndolas adentro de bolsas transparentes con una cuchara llena de caramelo. El olor de las garrapiñadas recién hechas va directo a mi estómago y el bebé se mueve. Me lo imagino estirando las manitos hacia una bolsa de garrapiñadas. Vuelvo a avanzar y ya no queda nadie adelante mío. Llego al mostrador, le digo buen día al tipo y después le miento: Tengo contracciones. El tipo gira unos folios sobre su carpeta: Necesitás una guardia obstétrica. ¿Tu documento?

Y yo que no tengo ni idea de qué es lo que dice solo le hago que sí con la cabeza y le paso mi dni. Copia algo en su carpeta y me lo devuelve con un papel y enseguida llama al que sigue, veo avanzar a la chica en un pie apoyándose en su amiga. Tienen las dos el pelo oscuro con algunas franjas de colores. La que está renga es mucho más bajita y el flequillo la hace parecer una pibita.

Miro mi papel y leo GUARDIA OBSTÉTRICA Núm 24 Consultorio 16 y como no sé dónde es me quedo parada y volvemos a mirarnos las tres. La bajita sonríe y se le hacen agujeritos en los cachetes, la alta la abraza seria. El tipo levanta un brazo señalando: Ese pasillo de ahí, atravesás el salón y seguís hasta el fondo. Fijate los números en la puerta de cada consultorio.

Les hago un saludo con la cabeza a las chicas y me lo contestan juntas, como si se hubieran puesto de acuerdo. Me voy y mientras camino vuelvo a leer el papel. El 24 está encerrado en un círculo y abajo hay un sello que ya casi no tiene tinta y dice el nombre del hospital. Cuando llego quiero sentarme pero hay solo dos bancos llenos de embarazadas. Las demás, igual que yo, esperan paradas.

Cuando llega mi turno el tipo no dice ni Hola, solo tira de una: Nombre, apellido y qué te anda pasando y yo vuelvo a mentirle con lo de las contracciones. ¿Cómo sabés que son contracciones? ¿Es tu primer hijo? Decime qué sentís. Tengo tantas ganas de salir corriendo y no volver nunca, pero respiro profundo y le contesto: Siento que se me pone la panza dura y que empuja para abajo. Eso es muy común. Tu cuerpo se prepara para el parto. ¿Tuviste sangrado? Le digo que no. ¿Estás perdiendo el tapón? De nuevo le contesto que no muy segura, porque no estoy perdiendo ni eso ni nada, aunque no sé de qué tapón me está hablando y eso me empieza a preocupar. Bueno, entonces falta, nena. A ver las ecografías. Le digo que todavía no me hice ninguna y el tipo se enoja: ¡Qué desastre! Caen en el último trimestre y no tienen ni una eco. ¿Y cómo sabemos nosotros que tu hijo no tiene dos cabezas? De la bronca que me da ni le contesto. Al tipo tampoco le importa escucharme. Habla solo él: Andá anotándote en el curso de psicoprofilaxis y hacete sin demora todos estos estudios que te doy. Recibo el papel y lo doblo sin leer nada. Las contracciones son un ensayo que hace tu cuerpo para el parto, por suerte está bastante más enterado de todo que vos. Ser madre no es solo coger, nena. Lo dice con tanta cara de piedra que no llego a reaccionar. Estoy confundida. Quiero preguntar cosas, pero no a este tipo. Me da las re ganas de mandarlo a la mierda. Me aguanto y le pido que me dé una constancia para el trabajo explicándole que hoy tuve que faltar para venir. Por guardia no se dan constancias. Contesta con la peor onda del mundo. Y yo le insisto que aunque sea me haga un papel que diga que hoy vine al hospital o me quedo sin laburo, pero él ya no me escucha. Se levanta y me hace que lo acompañe hasta la puerta, me da los papeles de los estudios y dice: Pedí en la entrada.

Como la guardia obstétrica queda muy al fondo, camino casi el hospital entero hasta llegar de nuevo a la entrada. Más allá de la fila que hice, hay una que debe tener más gente que las otras dos juntas y dice TURNOS. Este hospital me hace dar bronca. Como ya no quiero quedarme parada dos horas más, le voy a decir al Walter o a Cometierra que vengan a sacarme los turnos.

Antes de salir me parece ver a la médica que me atendió la primera vez, el mismo pelo, el mismo color de guardapolvo, la misma altura, una doctora que me escuchó desde que entré al consultorio hasta que me fui. La sigo. Quiero pedirle que me atienda cuando llegue el bebé. Me apuro y la voy alcanzando, me le acerco, le digo Doctora y se da vuelta. No es ella: ¿Necesitás algo? ¿A quién buscás? Como no pensé que podía ser una médica distinta, ya no sé ni qué contestar. Busco a la doctora de la vez pasada. Como no me acuerdo más nada, digo que es una médica que atiende los embarazos, así de alta como ella y joven y que su sonrisa... y ahí me quedo, mientras la cara de esa doctora abriéndome la puerta del consultorio se me aparece en la cabeza. Pero la mujer me contesta: Hay más de quince obstetras en este hospital. Me alejo como si estuviera yendo en el aire. ¿Y si cuando vengo a parir me atiende el mismo tipo que hoy? Siento un escalofrío enorme y por primera vez me pasa lo que me estuvieron diciendo, la panza se me pone dura como si fuera una piedra. Siento más miedo que nunca. Yo no quiero que el médico de la guardia me vea desnuda ni que toque a mi bebé. Espero unos minutos y cuando la panza vuelve a aflojarse, me apuro hasta volver al salón enorme de la entrada. Los pebetes gigantes de jamón y queso que vende la viejita de los crucigramas me dan hambre, y aunque la panza sigue floja como siempre, estoy triste y tengo tanto miedo que no me da ni para preguntarle cuánto salen. Tengo los papeles para hacerme estudios y el que me entregaron al llegar para que fuera a la guardia obstétrica. A los chinos les va a tener que alcanzar con esto.

Afuera están las dos chicas del pelo de arcoíris, una tiene un sándwich en la mano, lo parte y le da la mitad a la más alta. Se dan un beso, se abrazan y al irse parecen un solo cuerpo de tres piernas, mientras que alguien adentro mío me patea fuerte recordándome que hoy todavía no comió. Mañana sábado voy a volver al local y a enfrentar a la Tina, ella es la única de mis amigas que ya tuvo hijos y se me ocurren mil preguntas para hacerle.

Aunque yo no haya podido cumplirle lo único que ella me pidió: no me animé a decirle nada a Cometierra porque se iba a enojar conmigo. La panza se me pone dura de nuevo, me la agarro como si se me pudiera caer y empiezo a caminar las cuadras que tengo hasta la casa.

13

—Tenés olor a cera quemada, Aylén. ¿Por qué andás molestando a otros muertos?

—Ya sabés lo que está pasando, Ana. Vamos a tener un bebé.

—No todos los cuerpos quieren ser desenterrados. Hay memorias de los que se fueron que solo quieren descansar. —Ana me mira enojada y yo le mantengo la vista firme—. Además, Miseria y tu hermano van a tener un bebé. Vos no tenés nada que ver.

—No seas así, Ana, a este bebé lo estamos esperando todos.

Sigue igual de rabiosa y no me habla por un rato. No entiendo por qué esto le da tanta bronca.

Aprieto la mandíbula y levanto la cabeza. Todavía mamá no vino ni volvió a hablarme y solo esta noche es de muertos. Ana sigue acá y yo intento explicarle:

—Estoy cansada de tanta gente muriéndose. Llegó el tiempo de que alguien nazca.

—Mejor fijate que Miseria no se asuste de vos y no quiera que toques a ese bebé nunca más —contesta Ana sin siquiera pestañear.

14

¿Quieren papeles? Ahí los tienen. Se los doy todos al dueño del local y ni siquiera intenta leer los rayones que puso el médico en cada uno. ¿Para eso me joden tanto? Yo traté y no se entienden. Mira las fechas y le dice a la patrona cosas en su idioma, los dos enojados. Ahora que me saqué un peso enorme de encima me voy hacia mi puesto sin darles tiempo a que contesten. La Tina no hace ni siquiera un gesto con la cabeza. Nunca la vi tan seria.

Pienso que está enojada conmigo y que no va a hablarme nunca más, así que me pongo a trabajar muy callada, pero al rato se acerca por la espalda y me dice bajito: Estuviste muy bien, Miseria. Los chinos no pueden echarte con semejante panza. Las dos reponemos sahumerios en los estantes sin parar porque los sábados viene más gente que nunca. Cuando terminamos, la Tina me dice que vaya con ella al depósito a armar pedidos: Sí, pero primero voy de nuevo al baño a mear. Te tengo que contar algo. La Tina se hace la misteriosa. El baño del local es tan chiquito que para entrar tengo que abrir lo más que puedo la puerta que pega contra el inodoro y meter el cuerpo acomodando la panza un poco de costado. Mi amiga me espera al pie de la escalera y bajamos al depósito con una hoja que el dueño le dio. Te quiero contar algo. Insiste y yo respiro profundo sentándome en el último escalón, como hacemos a la hora del almuerzo, preparándome para lo peor. La Tina está supercontenta: Ahora tengo un novio. Andá, ¿qué vas a tener?... Veo los dientes de la Tina haciendo la sonrisa que extrañé una semana entera mientras busca adentro de sus bolsillos. Esperá que te muestro una foto. Yo mientras voy armando pedidos o los dueños nos van a matar.

La Tina me pasa la lista, se toca los bolsillos y dice: ¡Qué raro! ¿Lo habré dejado arriba? ¿A tu novio? Pero no, al teléfono. No te hagas. Contesta y pone una cara tan seria que parece que estar sin celular fuese el peor problema del mundo. Transpira palpándose los bolsillos como si el teléfono fuera a aparecer ahí por el toqueteo de sus dedos nerviosos. ¿Querés el mío? No me sirve. No me acuerdo de los números, necesito sí o sí mi celular. Le pido que aguante, que armo el segundo pedido y que ella los puede subir y despacharlos con los pibes de las motos para fijarse si no quedó arriba y nada. La Tina ya no me contesta. Las dos callamos lo mismo: si el celular quedó entre los estantes de sahumerios, con toda la gente que vino hoy a la mañana no lo vemos nunca más. Diez minutos más tarde la Tina sube cargada de paquetes y yo me quedo trabajando en el depósito. Tarda un montón en volver a bajar y viéndole la cara no hace falta preguntarle nada. Me quedé reponiendo los estantes. Dice con dos patys y un paquete de papas fritas en la mano. Nos sentamos una al lado de la otra en el último escalón. Empiezo por las papas. Están riquísimas aunque tienen mucha sal y enseguida tengo una sed que me muero. ¿Y qué querés? Los chinos estos ni Coca nos compran ya. Deben querer que tomemos agua del inodoro. La Tina está de un malhumor imposible.

Cuando termino me chupo los restos de aceite. Ya no puedo más de las ganas de tomar algo y le paso mi paty sin tocar. ¿Te fijaste bien? Sí, querida, di vuelta el local entero. Encima estos chinos quieren cerrar a las cinco y que nos quedemos haciendo reposición e inventario dos horas más. Son como Apu, repito por vez número cien y la Tina abre los ojos grandes: ¿Quién? Apu… ¿No miran los Simpsons? Ah, esos todos amarillos, José se pasa tardes enteras mirándolos. Escuchame, Tina. Yo no te vi sacar el celular en toda la mañana. ¿Estás segura de que lo trajiste?

Se queda pensando. No, segura no. Tampoco ella recuerda haberlo usado antes. La última vez fue en su casa antes de venir. Miro mi celular: es apenas la una y media. Tengo un mensaje de voz del Walter que voy a escuchar después. Me levanto y le digo a la Tina que yo le puedo buscar el celular y le brillan los ojos. Se levanta también y aunque no puede evitar estar ilusionada me pregunta cómo voy a hacer, que los chinos no me van a dejar salir así como así. ¿No dijiste que con la panza que tengo no pueden echarme? Salgo un rato a sacar un turno y te lo recupero. Igual es la hora del almuerzo y no estamos haciendo nada. La Tina y yo quedamos muy contentas, siento que así va a olvidarse de lo de Cometierra y la planta y me va a poder perdonar. Ella se lleva la mano al bolsillo de atrás del jean, pero se corta. La cara le cambia como si algo la preocupara de nuevo y en vez de darme las llaves se pone colorada: El departamento no está vacío. Está José. Mejor tocale timbre y que te baje a abrir. Para mí que la Tina flashea que Yose puede estar con algún chongo. Subo las escaleras y me acerco al mostrador donde están los dueños almorzando un guiso raro en platos de telgopor. Mis papeles están apoyados al lado de la caja, abajo de un elefante lleno de espejitos de colores. Les señalo la Coca de vidrio que comparten y me sirven un poco en un vasito mínimo, también de telgopor. Lo tomo en un segundo y revuelvo mis papeles con la otra mano. Saco el que está arriba porque es el que tiene más letras escritas y no se entiende nada. TURNO, digo por toda explicación.

Dejan de comer y me miran sorprendidos, sin contestarme nada, y yo, con el papel en la mano. TURNO, enseguida vuelvo. Y salgo del local. Camino lo más rápido que puedo, por suerte hoy mi panza duerme. Voy casi rezando que Yose no esté enchongado con nadie, para que me abra la puerta sin vueltas. Los sábados hay tanta gente comprando que tengo que esquivarla para poder avanzar, llegando a la esquina una mina me choca. Estoy a punto de putearla, cuando me doy cuenta de que es Cometierra que me mira sin entender nada. ¡¿Qué hacés?! ¡No! ¡Vos qué hacés, Miseria! ¿Saliste antes?

Cometierra no se alegra al verme y eso me parece raro. Salí a hacer un mandado para la Tina. ¿Y vos en qué andás? No me contesta. Cambia de tema. ¿Para tu amiga Justina? Sí, algo para ella. Contesto sin ganas de explicarle nada más. Fijate que la calle está llena de gente y vos venís a mil. Mi hermano cayó hace un rato buscándote. ¿Y eso? —pregunta señalando el papel. Un estudio nomás. Le digo atenta a la puerta del local que queda a unos metros. Si la Tina me llega a ver con Cometierra así de cerca se me arma.

¿Después me vas al hospital a sacar un turno? Sí, dámelo. Me arranca el papel de las manos, me da un beso y sale en dirección a la feria. Debe andar en alguna que no me quiere contar. Estoy apurada, así que salgo yo también para el otro lado y voy acelerada hasta el edificio de la Tina. Para que nadie me vuelva a chocar pongo los puños cerrados adelante de mi panza como si fueran un escudo.

15

Parece que Miseria no se da cuenta que el bebé ya va a nacer. Tendría que haberse quedado en la casa preparando las cosas. Todavía no le compraron ni los pañales. Nunca los escuché decir cómo se va a llamar. Mientras camino buscando a la única persona que conozco acá para ver si puede ayudarnos, pienso que mi hermano tampoco se calienta por nada. Cuando vino hace un rato buscándola le conté que ayer soñé que la llevábamos al hospital y todo era tan oscuro y ni reaccionó. Siguió en la suya como si le hablara del hijo de otros. Ni siquiera se preocupó cuando le conté que durmiendo la había visto a Miseria en el hospital vestida con un camisón de vieja, que no dejaba de llorar y que en las manos, esas que levantaba y sacudía desesperada queriendo decirme lo que no le salía por la boca, no tenía ningún bebé.

16

El portero eléctrico de la Tina ya no dice Yoselin te amo ni tiene mi chicle pegado. Pensé que las palabras de amor duraban mucho tiempo, pero estas se borraron o alguien las hizo desaparecer. Toco el timbre: Soy Miseria, la amiga de tu mamá. Pero no llego a explicarle nada: Ahí bajo. Contesta tan rápido que me hace creer que cuando la Tina no está, a su departamento puede entrar todo el mundo. Pasan unos minutos y desde la vereda escucho el portazo de Yose al salir del ascensor. Cuando me da un beso trae un aura de porro tan fuerte que me hace dar ganas de fumar. Subimos al ascensor, Yose, mi panza y yo lo ocupamos entero. Me siento rara, fuera de lugar. El hijo de la Tina está en otra sintonía, me abraza y me dice varias veces: ¡Qué bueno que viniste! Mi mamá no está.

No tengo idea de lo que pasa por su cabeza, pero parece que yo fuera para él una amiga de toda la vida y eso me re gusta. Llegamos. Dice y abre la puerta del ascensor como si estuviéramos entrando a un boliche: la música invade el pasillo. Algo me hace mover para atrás: un viaje a principios del año pasado, al tiempo que me pasaba de fiesta en fiesta y no tenía que trabajar. Extraño mi cuerpo de antes de quedar preñada. Tomo envión y entro al departamento tomado por una docena de pibes. Es el cumple de Neri. Explica Yose y después les habla a ellos: Llegó Miseria. Y varios me saludan con los porrones en alto. Yo también los saludo. Tampoco puedo tomar. En el sillón en donde duerme la Tina hay cinco pibes sentados. Uno tiene rastas y en algunas brillan anillos plateados, adornos de hilo y dijes. Justo en el medio están las dos chicas del hospital, vuelvo a mirarles las mechas de colores mientras se acarician embobadas. La más bajita tiene ahora un yeso en el pie y el chico de rastas empieza a dibujárselo con fibras. Otros dos están sentados en los apoyabrazos sin decir nada, uno fuma mirando subir el humo hasta el techo. Como yo no puedo me consuelo con aspirar un poco de humo.

Desde la cocina llega olor a comida recién hecha, salsa de tomate o algún guiso. Capaz que la Tina dejó cargando el celular ahí, que también está llena de gente. Entro y una chica bajita y dulce, y de piel del color del café con leche, me ofrece un plato de arroz. Lo agarro y me dan ganas de no volver al local en todo el día. La piba se llama Liz y no me ofrece picante por la panza. Mientras como el guiso de arroz y verduras que está re bueno, sigo buscando el celular con la vista, pero en vez de encontrarlo se me van los ojos hacia las fotos de la Tina y sus bebés. Cuento un montón de bebés. Creo que no puede ser. ¿Cuántos hijitos perdidos tiene mi amiga?

Vuelvo. Los pibes bailan cumbia. En la pared la piba anaranjada que trae algo entre las manos, sigue abajo del pájaro que despliega sus alas sobre ella. No sé si es el humo que estuve aspirando, pero hoy creo que lo que trae entre las manos es tierra. Cuando parece que no puede entrar nadie más, suena el timbre de nuevo. Yose baja a abrir. Los demás no paran la charla, bailan, se cruzan, se pasan platos, vasos y latas. Debe haber más de quince celulares. ¿Cómo voy a encontrar el de la Tina?

Liz me pregunta si quiero más guiso y le digo que no, que estaba re rico, pero que yo vine porque necesito el celular de la mamá de Yose para algo importante. Va hasta el sillón y les dice a las dos pibas algo que no llego a escuchar. Nerina, que está cumpliendo años, niega con la cabeza pero la bajita se levanta, me sonríe mostrándome los agujeritos de sus cachetes y empieza a saltar en una pata hasta llegar a Yose: Yoselin, ¿tu celu? Yose se suelta del pibe que recién llegó y la mira levantando los hombros para decir que no tiene ni idea. Entonces vuelve a buscar a su amiga que sigue en el sillón, acostada a lo largo y con las piernas estiradas arriba de los demás. Está tan china como Yose. Neri, ¿tu celular? Ella señala hacia la mesa y su amiga viene saltando con el yeso en el aire hasta que en el medio de todos los vasos, tazas y latas vacías levanta un celular con funda violeta,

dibuja en su pantalla una casita para desbloquear-
lo y busca entre los contactos hasta detenerse en
uno que dice Doña Justina y llama. No se escucha
nada. La música sigue re fuerte y justo Liz llega
con un bizcochuelo forrado de dulce de leche.
¡Que los cumplas, Nerina, que los cumplas feliz!
La piba aprovecha que apagaron todas las luces
para llamar otra vez al celu de la Tina. En el piso,
al costado del sillón, enganchado todavía al car-
gador, el teléfono de mi amiga enciende su pantalla azul. Me despido de todos, la mayoría me da
un abrazo y las chicas del pelo de colores me piden que me levante un poco la remera, me tocan
juntas la panza y me la besan: Bienvenido a este
mundo. La más bajita me dice que se llama Lula
y me pasa una porción de torta. Yose me acompaña hasta abajo. No hace falta que me pida que no
le cuente nada a su vieja, pero me lo pide igual y
yo voy al local con el celu de la Tina en una mano
y un bizcochuelo con dulce en la otra. Cuando
llego trato de esconderlo de los dueños que me
miran entrar con su peor cara de orto. A la Tina le
brillan los ojos. Mientras abre cajas de sahumerios
con una trincheta, yo termino de comer y me limpio el dulce de leche. ¿Y eso? Un antojo dulce,
contesto y no sé si por el azúcar o qué, pero el
pendejo de mi panza no deja de sacudirse y patear. Hoy estamos contentos. La Tina deja la trincheta, enciende el celu, sonríe y me muestra la
pantalla: Mi novio, ¿ves?

17

Viene corriendo de frente, mientras yo voy por la calle para adelantarme a la gente que hace fila en la vereda. Se mete entre los vendedores y sigue dando vueltas enloquecida. Tiene el pelo marrón muy claro, apenas más oscuro en las orejas y sus ojos son tan negros como los míos. Parece que está buscando a alguien entre los puestos y cuando subo a la vereda viene hacia mí moviendo la cola y con la lengua afuera, como si ya me conociera. Está contenta, la nariz y los ojos le brillan. No me llega ni a la rodilla y baja un poco la cabeza al acercarse. Yo no me animo a tocarla ni a decirle nada y cuando empiezo a caminar de nuevo, ella se pierde. Encuentro a las dos vendedoras de la otra vez atendiendo el mismo local. Aunque no me contesten el saludo y sigan despachando clientes, sé muy bien que me reconocieron. No insisto. Me paro entre la gente, espero hasta que me toque y les pregunto por la señora del pan de muertos.

—La señora ya vendió su encargue de hoy.

—Volvé mañana y hay que ver si quiere hablarte.

Una empieza a atender al hombre que está atrás mío en la fila mientras la otra me tira:

—Si no comprás tenés que dejar que atendamos al siguiente.

—Medio kilo de yerba —pido sin moverme de mi lugar para que entienda que no voy a irme así de fácil.

—¿Nacional o paraguaya?

—Cualquier yerba —contesto y las dos se ríen de mí.

Están tan arregladas que más que atender la feria parece que fueran a bailar. Tienen uñas largas y pintadas, extensiones en las pestañas, el pelo brillante planchado y la boca de un rojo que hipnotiza, pero si les sacaran todo eso serían todavía más hermosas.

—Probá esta —dice la que está atendiéndome y por primera vez siento que me tira media onda cuando me guiña un ojo:

—La paraguaya es la mejor —y me pasa un paquete de yerba en el que hay un pájaro azul con la panza amarilla, sobre las franjas del fondo, roja, blanca y azul.

—¿Algo más?

Le vuelvo a preguntar por la señora.

—¿Siempre hacés tantas preguntas? Acá estamos trabajando. Me van a retar. —Gira la cabeza hacia adentro del local como si tuviera miedo de alguien—. ¿Necesitás algo de pan? Tenemos chipá, pan de yema y tortas.

—Sí, chipá y mate juntos son de las cosas más ricas que hay. —Algo en ella parece encenderse. Entra pasando atrás de los que están agachados sobre sus platos y va hasta el fondo donde hay un telón enorme, rojo, con banderas y algunas fotos muy grandes. No conozco a nadie. Cuando vuelve me pasa la bolsita de chipá diciendo:

—Está ocupada ahora. Si querés verla mañana, levantate temprano.

Pago y cuando me estoy por ir la otra me despide con un:

—Mejor dormí menos.

Son tan parecidas que deben ser hermanas. Yo no tengo hermanas, solo a Miseria. Quiero volver rápido a la esquina a ver si la encuentro. Me paro en el mismo lugar, pero no aparece. La perra que se vino atrás mío me olisquea y yo abro la bolsita, corto un chipá al medio y se lo dejo adelante de la trompa. Se lo traga en un segundo, me mira agradecida y se me sienta al lado. Esperamos juntas, pero pasa el tiempo y de Miseria nada. Vuelvo a abrir la bolsa y parto otro chipá, mitad para mí y la otra para la perra que la atrapa en el aire y vuelve a sentarse al lado mío a masticar. Lo único que le falta a esta perrita es tomar mate.

En diez minutos pasan cientos de caras pero ninguna es la de Miseria. Pensar en lo difícil que debe ser encontrar a una persona acá me hace doler el estómago. Nosotros vinimos a perdernos, pero se nos fue la mano. Ni entre nosotros nos podemos encontrar. Hay cosas que Miseria no me cuenta, hay cosas que yo tampoco le quiero contar. Mi hermano trabaja en un taller nuevo y yo no sé su dirección.

Saco del bolsillo el papel que me dio Miseria para conseguirle un turno. No tiene la dirección del hospital, solo unas letras negras que dicen La ciudad te cuida. Cuando me levanto y estoy por arrancar, la perra cruza la calle moviendo la cola y se le tira encima a un flaco. Los autos les tocan bocina y uno los putea.

—Bajate —le ordena el flaco, pero ella no le da ni bola. Recién cuando se mueve hacia mí, la perra se baja y lo sigue.

Me da vergüenza que piense que es mía porque le salta con las patas sucias. Tiene el pelo claro, y las pestañas oscuras, tan largas que casi le tocan las cejas. Abajo de la campera lleva un uniforme verde claro perfectamente planchado. El pibe vuelve a indicarle que se baje, pero la perra hace todo lo contrario y cuando pienso que el flaco se va a enojar, se acerca hasta donde estoy yo, abre su mochila y pone al lado mío un puñado de comida para perro.

—Es tuya. —No parece estar preguntándome.

—No, solo está siguiéndome.

—Pero te eligió a vos.

Se vuelve a agachar y le hace un millón de caricias acercándose tanto que la perra le lame la cara y vuelve a mover la cola. Es muy alto y para agarrarle la trompa se tiene que agachar de nuevo. Le da un beso y yo pienso que me va a dar asco pero no. Me encanta.

—A veces le traigo comida y me sigue hasta el trabajo, pero duerme acá a la vuelta, en la entrada de la terminal.

—Me estoy yendo —le digo.

—¿Para dónde vas?

—Voy al hospital. Tengo que pedir un turno para una amiga.

—Vamos, me queda de pasada para mi trabajo. —Vuelve a mirarme serio y yo termino arrancando con un pibe que ni conozco y una perrita. No quiero que Miseria venga y nos vea caminando juntos a los tres, porque capaz flashea cualquier cosa.

Avanzamos uno pegado al otro y la perra nos sigue correteando al lado del cordón de la vereda.

18

Todo gris y rejas. Parece una cárcel, no un hospital. Ni siquiera una planta, menos un pedazo de tierra. Hasta la bandera perdió su color: el celeste es casi blanco y el amarillo del sol se apagó hasta ser una tela vieja. Solo la entrada es clara y tiene las puertas de vidrio abiertas. Cuanto más nos acercamos, voy sintiendo más fuerte que este no es un lugar para llegar al mundo. Huele a enfermos, a lavandina y a gente que se está yendo. El flaco me saluda y me dice un par de cosas y yo apenas me muevo para aceptar el beso en la cara. La perra va detrás de él y yo me quedo quieta. Lo último que dijo después de saludar no me gustó ni un poco. Cuando reacciono y siento que tengo que preguntarle algo, los busco y ya no están. Aunque me da miedo, entro al hospital.

Es fácil encontrar el lugar donde dan los turnos porque hay un cartel, pero sobre todo porque parece que medio país vino a atenderse. Así que me acerco al final de la fila. Todos están sentados en el piso o acostados sobre bolsos como si se fueran de viaje. Pregunto quién es el último. Aunque tenga medias y zapatillas siento el frío de la muerte que me llega desde las baldosas y no me quiero sentar. Avanzamos, pero hay demasiadas personas aburriéndose igual que yo. Cuando finalmente llego hasta el tipo que da los turnos, él parece todavía más cansado. Me pide el papel, se lo paso, anota con desgano en la pantalla de su computadora, escribe con una birome en la parte de arriba del papel y me lo devuelve.

—¡Siguiente! —Antes de que me vaya agrega que para la eco hay que tomar un litro de agua y yo trato de pensar cuándo fue la última vez que vi a Miseria tomando agua y no me puedo ni acordar.

Por fin salgo y miro el celular: casi cuatro horas para conseguir un turno dentro de quince días. Antes de irme, me doy vuelta: este es un lugar en donde la gente se muere y ni siquiera hay tierra. Si a Miseria le pasara algo ahí adentro nunca podría saber qué le pasó.

19

¿Dónde me dijo que trabajaba el flaco que me acompañó hasta acá? No me acuerdo el nombre de la clínica, pero me explicó que era derecho por esta calle hasta las vías y después, tres cuadras más. Dijo que era enfermero. Debe estar acostumbrado al olor de los hospitales, yo no. Doy unos pasos y ahí está la perra. Se levanta y viene hacia mí moviendo la cola. Apenas la acaricio, no sea cosas que se confunda porque yo no me la puedo quedar. El pibe dijo bien claro, la perra duerme en la terminal, pero igual ahora arrancamos juntas porque ya está empezando a oscurecer y la terminal y mi casa quedan para el mismo lado. Al borde de la vereda hay un cesto de basura enorme desde donde sobresale una tela que me resulta conocida. Me voy acercando y la perra se me adelanta corriendo, cuando llega se frena en seco para olfatear. Baja las orejas y pone cara de que algo anda mal, pero yo no puedo evitar acercarme. Me paro adelante: es la misma tela rosa y con florcitas del camisón que llevaba Miseria en el sueño. Estiro la mano para tocarla y la perra se me cruza para que no lo haga, tengo que esquivarla para abrir el bollo de tela y encontrar una mancha en el medio que es un estallido rojo. Se me cae al piso y antes de que trate de levantarla, siento los dientes de la perra mordiéndome el pantalón para alejarme. Por un momento creo que estoy soñando, pero no, la sangre está fresca y brilla tanto como las luces rojas de las ambulancias.

Yo, que oigo lo que nadie oye y veo lo que nadie ve, sé que Miseria no puede parir acá. Acelero el paso para alejarme y la perra me sigue. ¿Por qué me habrá elegido a mí?

Se hace de noche y ya no me queda ni un pedacito de chipá para darle, apenas llevo la yerba en una bolsa colgada de la muñeca y solo de pensar en unos mates se me hace agua la boca. Trato de concentrarme en el mate, en la perra, en Miseria sonriendo y olvidar ese camisón para siempre. En la esquina hay un hombre bajando una cortina de metal, es pesada y hace mucho ruido. La perra se adelanta para sentarse enfrente, me mira y parece que hablara solo con sus dos ojos. Tiene hambre y estamos frente a una carnicería que ocupa toda la esquina, pero acaba de cerrar.

—Vamos —le ordeno y aunque el olor de la carne fresca sea un imán para ella, se viene conmigo. Arriba la luna brilla compitiendo con los locales que nunca dejan que sus luces se apaguen del todo. A unas cuadras, la perra otra vez corretea con la lengua afuera más contenta que nunca. Sé que hoy no va a irse aunque la acompañe hasta la terminal. Miro la hora en el celular y me apuro. Antes de que los negocios cierren, tengo que comprar algo para que comamos las dos.

20

—¿Dónde nací yo?

—Tendrías que habérselo preguntado a tu mamá —me responde la seño Ana y nos quedamos calladas hasta que es ella la que rompe el silencio.

—Yo te conocí a los seis. No hizo falta que te viera nacer para quererte tanto.

Pienso en darle un beso o algo más, pero solo me sale una voz suave:

—Ya lo sé, Ana.

Quiero acariciarla pero siento que ya está lejos. Habla y a mí me parece que ni siquiera abre la boca, que se va perdiendo, más triste que nunca, mientras su voz sale directo desde algún lugar borroso.

—Voy a preguntárselo: en estas sombras todavía sigo viendo a tu mamá.

21

Miseria, qué calladita que estás. Estoy fundida, Tina. No doy más.

Después de un día agotador salimos juntas del local, pero antes de llegar a la esquina la Tina abre los ojos bien grandes y se alarma: hay alguien apoyado contra la persiana baja del local de golosinas. Es el Walter y me está esperando. Como es la primera vez que le pinta venir a buscarme, la Tina no lo reconoce: Es mi novio. ¿Viste qué lindo que es?

Me contesta que sí, que tengo mucha suerte y que como ya vamos a tener una guagua, más que un novio es un marido. Yo también me río y le contesto que no: El Walter va a seguir siendo mi novio siempre. Mi amiga se pone seria y dice que no entiende esas cosas raras de las muchachas de acá, que no quieren tener maridos sino nada más que novios. Tina saluda y lo felicita, pero el Walter está preocupado y ella se da cuenta de que algo le pasa, así que se despide. Yo lo abrazo porque me re gusta que me haya venido a buscar y él me dice que vino porque no le atendí el teléfono en todo el día, que hasta mensajes de voz me dejó.

El Walter cuenta que su hermana tuvo un sueño conmigo, un camisón con sangre y el bebé. Un sueño malo, remarca y yo no puedo creer que se preocupe tanto por eso. ¡Si Cometierra tiene pesadillas todas las noches! ¿Y qué soñó? Pregunto cuando estamos por llegar a la cuadra de la terminal y él me dice que ni siquiera quiso que se lo cuente, pero que necesitaba saber que no nos había pasado nada. Lo tranquilizo diciendo que estamos bien, que Cometierra es de soñar cosas raras y que hoy al mediodía ya me la había chocado por la calle. Si hubiera sido algo tan malo, me hubiera dicho. Después me subo el buzo y la remera para mostrarle la panza: Lo único que tenemos este y yo son ganas de comer algo. Walter me pasa la mano por arriba del hombro, me abraza fuerte y se arrepiente. Dice que mejor no volvamos, que vayamos a dar una vuelta, que hoy cobró y tiene plata.

22

No vemos a nadie hasta que salimos de la zona de los locales. Así es la noche acá. Los millones de personas que pasan durante el día, en la oscuridad se esfuman. Atravesamos la avenida y después, las vías del tren. Esta parte es un mundo de gente también a esta hora. Le pregunto al Walter adónde estamos yendo y me dice que no sabe, que elijamos algo entre los dos. De a poco nos vamos alejando y me llama la atención un bar enorme que tiene las puertas abiertas y la música tan fuerte que llega hasta donde estamos. Al Walter le pasa lo mismo porque sigue derecho hasta la entrada. Adentro hay una barra de madera en la que muchos están sentados charlando y tomando algo. Me gusta, pero las sillas son superaltas para mí así como estoy, prefiero sentarme en otro lugar. Nos metemos y vamos para el fondo donde suena una máquina de música. Al lado hay una especie de carpa de tela oscura en donde dice en letras luminosas Madame, leo tu futuro y arriba hay un ojo abierto. Es celeste y parece estar bordado sobre la tela. Yo no sé si el Walter vio eso o no, pero cuando pregunta si nos quedamos por acá enseguida le contesto que sí. Buscamos una mesa chiquita con una vela en el centro. Cuando a los cinco minutos viene la moza a tomarnos el pedido ahora sí el Walter está mirando para la cortina bordó. Si tu hermana quisiera trabajar de eso estaríamos nadando en plata. El Walter no me contesta, incómodo porque está la moza, pero la piba sigue como si nada.

Él pide una milanesa con papas fritas y una cerveza y yo digo que quiero una milanesa igual, pero en vez de birra, una Coca. Cuando la moza se va, insisto: No te digo que ande buscándoles los muertos a todos, la gente a veces quiere saber si va a tener novio, si van a conseguir un buen laburo. Necesitan eso y seguro que tu hermana lo puede ver. Pero como el Walter sigue haciendo que no me escucha y yo ya no quiero darle charla, solo le pido: ¿Me das quinientos pesos? Y él saca un billete verde del bolsillo de su pantalón, me lo pasa y yo desaparezco por un rato atrás de las cortinas de Madame.

Adentro está ella y enfrente, una mesa y una silla vacía esperándome. Me hace un gesto con la mano para que me siente. Tiene un perfume tan fuerte que me da asco, pero entro igual y pongo el billete de quinientos arriba de la mesa. Madame lleva el pelo atado y arriba un turbante de tela en la que puedo ver el mismo ojo de la carpa una infinidad de veces. No me sonríe pero igual, se le forman unas arrugas profundas al costado de la boca. No puede haber alguien más distinto a Cometierra.

Sus ojos también me llaman la atención, delineados de celeste, con sombra más oscura, rimmel negro y labios rojos. Me dice que estaba esperando a que algún valiente se animara a consultar y yo me río, pero ella no. En un segundo, baja los ojos hasta mi panza y dice: Algunos tienen miedo de que les lea algo malo: separaciones, enfermedades, pobreza, la muerte de un ser querido…

Yo no tengo miedo. Creo que todo va a salir bien y quiero que Madame me lea cosas buenas. Tiene una cadena dorada que le cuelga desde el cuello hasta el medio de las tetas y termina en un dije enorme, con el mismo ojo abierto que todo lo ve. Es de un celeste tan profundo que parece piedra. También él me clava sus pupilas endurecidas.

Madame vuelve a insistir con que soy muy valiente y yo busco en su mesa esperando encontrar cartas o una bola de cristal como les ponen a las adivinas en los dibujitos animados, pero en vez de eso hay una canasta de metal llena de huevos y algo que parece una pecera, pero sin ningún pececito adentro, con agua hasta un poco más de la mitad.

Madame guarda el billete y va poniendo al lado del vidrio siete frasquitos llenos de un líquido oscuro. Como les deja su mano arriba, me doy cuenta de que no los tengo que tocar. Después me indica la canasta metálica: Elegí un huevo, rompelo con mucho cuidado y echalo al agua.

Mueve su cuerpo hacia adelante y parece que su ojo se acercara todavía más hacia mí. Me gusta saber que solo tengo que hacer eso, como si fuera a cocinar un huevo frito, pero en vez de al aceite hirviendo tengo que tirarlo al agua. Los huevos nunca se me rompen, así que elijo uno y lo golpeo con mucho cuidado contra la mesa de Madame y después le meto la uña para separar las cáscaras bien cerquita del agua. La yema cae destrozada y se deshilacha en el centro del recipiente mientras a mí se me hace un nudo en el estómago. Me hubiera quedado comiendo papas fritas con el Walter.

La mujer sigue un rato eterno mirando las formas de ese huevo roto nadando adentro del agua: Yo solamente voy a darte tu buena fortuna. Lo otro, no.

Me pide que cierre los ojos y que toque sus frasquitos, elija uno y se lo pase sin mirar. Pensé que estas cosas eran fáciles, pero ahora quiero tener cuidado. Toco un tiempo largo cada frasquito a ver si siento algo. Me preocupa que todos sean iguales. Yo no soy como Cometierra, no siento la diferencia, así que elijo uno cualquiera y se lo paso y espero con los ojos cerrados y las manos apoyadas en la panza. El bebé no se mueve. Huelo un perfume hermoso, mucho más suave que el de Madame y eso me hace sentir un poco mejor.

Como tampoco ahora escucho su voz, abro

los ojos despacio y la veo revolviendo la mezcla con un palito de madera. Le miro la cara y me parece que ya no está tan seria. El ojo cuelga brillando de su cuello como si en realidad fuera la pequeña corona de Madame, el lugar en donde está su poder.

Sus labios finos se estiran en una mueca extraña: Ustedes hace poco que llegaron acá. Tu fortuna es tener una mujer joven en tu vida, tiene el pelo oscuro y largo.

Casi todo el huevo se tiñe de negro y el agua también está oscura pero cada tanto brilla celeste y dorada reflejando el colgante del ojo. Me hipnotiza y Madame no deja de agitarla. En sus ondas veo el movimiento de una cabellera negra nadando como si fuera el pelo de una sirena. Por un segundo la yema rota parece volver a unirse, más amarilla que nunca, con ese líquido negro, para formar el cuerpo vivo y hermoso de una mujer y yo quiero saber si es Cometierra o la Tina: ¿El pelo es lacio o tiene rulos?

Madame lanza una carcajada ruidosa: Eso no lo puedo ver. Pero sí que son varias las mujeres de pelo oscuro en tu vida, y que esas son las que te hacen el bien. Estudio la mezcla oscura, también mi mamá está ahí, me veo chiquita, pasándole un peine de plástico durante horas. Su cabello largo se me mezcla con el de Cometierra y la Tina. El agua de Madame también puede hablar, aunque ella no se mueve ni vuelve a decir nada. Termina su trabajo y busca con sus uñas afiladas un cofrecito del mismo dorado que su cadena. Lo abre para sacar una cadena muy finita, dorada, que tiene un dije de ojo abierto igual al suyo, pero mucho más chiquito. Madame estira sus manos para colocarme la cadena y dice: Yo soy la Reina de la Noche y con esto voy a acompañar tu fortuna. El bebé me da una patada tan fuerte que casi digo algo. Debe tener hambre y yo también necesito comer algo ahora. Saludo a Madame pero ella no permite que la toque, así que me despido de lejos y salgo de su carpa. El Walter me está esperando atrás de una montaña de papas fritas. Quiero disimular, hacer como que no pasó nada, pero me re cuesta. Agarro una papa y empiezo a masticarla esperando que el Walter me haga preguntas sobre la consulta de Madame, pero él no dice nada. No puedo creer que no le dé curiosidad saber.

Se queda callado mientras terminamos de comer y después pregunta si quiero algún postre. Como le contesto que no, llama a la moza y paga. Mientras empezamos a irnos, vemos una fila de más de quince personas enfrente de la carpa de Madame. ¿Ves? Por lo menos quinientos pesos cada uno, en una sola noche. Pero tampoco ahora dice nada. También por eso lo quiero tanto: el Walter jamás diría media palabra mala sobre su hermana, menos si ella no está. Mientras salimos para la calle, el Walter me señala el ojo que llevo en el cuello:

¿Y eso? Nada, Walter, solo un regalo.

23

Música en todas las veredas, choripanes y fernet, lucecitas que señalan kioscos 24 hs y birrerías que recién abrieron, Rivadavia está a pleno y yo miro las montañas de chocolates y alfajores de algunas tiendas y el bebé me vuelve a patear. Avanzamos rodeados de luz: Helados, Se Alquila, Garbarino, Farmacity, Pizzas y Pastas, Panchería. Yo no sé para dónde encarar pero como el Walter quiere una cerveza más vamos hacia un local con un cartel blanco y negro de empanadas & birras. El cielo es tan oscuro y lleno de destellos como las mujeres de pelo negro de las que me hablaba Madame y me siento contenta: no quiero que esta noche se termine nunca.

Acá nadie quiere irse a dormir, el humo de los cigarrillos se mezcla con alientos de alcohol y risas, pero avanzamos y media cuadra más adelante, nos cruzamos con una parejita de pibes que deben tener nuestra edad y llevan un carrito con un bebé que no deja de llorar como un marrano. El llanto de un solo bebé logra tapar la música de todos los boliches juntos y su cara rojo fuego se traga las luces de la avenida y las vuelve pálidas, enfermas. Trago saliva. Los pibitos no hacen nada para calmar a su hijo y yo pienso que debe ser porque ya intentaron todo y el mocoso sigue gritando igual. Se ven tan cansados que las ojeras les ocupan la mitad de la cara. El Walter y yo no decimos nada, pero seguramente esta sea la última vez que podamos salir juntos sin nuestro bebé.

Empezamos a alejarnos en busca de silencio y cuando pienso en algo más, un helado de dulce de leche o un par de churros, ya es tarde, llegamos a la esquina de casa. Abrazados, damos la vuelta para seguir los últimos metros cuando vemos algo que se mueve en la puerta de casa. Cruzamos la calle. Es una perrita que nos viene a recibir moviendo la cola. El Walter se pone serio y dice que no se puede quedar ahí, que el dueño nos dijo bien claro que no podíamos tener animales, que llega a ver un perro en la puerta y se pudre todo.

24

—¿Sabés cómo le dicen a este hospital? Camino al cielo. Mejor buscá otro lado para que tu amiga dé a luz.

Las palabras del flaco vuelven antes de que me levante de la cama. Nada de lo que pasa en ese hospital me gusta.

La casa está oscura pero tengo que arrancar igual. Hoy quiero ir temprano a buscar a la señora de los panes para consultarle por el sueño de Miseria y también por esto. Ella está acá hace un montón de años, debe saber. Voy hasta la ventana. Afuera no hay ruidos de bondis ni de esas motos que pasan a todo lo que da, ni siquiera algo de música. Me veo en el vidrio, tengo cara de haber dormido mal y un nudo de pelo enorme al costado de la cabeza. Trato de deshacerlo, pero no puedo. Desde que nos vinimos para acá nunca me lo corté y ahora que me llega justo a tapar el short, ya va siendo hora. En la otra cuadra abrieron una peluquería, AcheBarber dice el cartel. Siempre está plagada de pibes que se hacen degradés y diseños. Yo solo necesito que me saque un poco del largo de mi pelo. Le escribo a

Miseria un wasap, le cuento del nudo y le pido que me acompañe: Me quiero rapar la nuca a cero, pero ella me contesta:

—Ni se te ocurra cortarte el pelo. Vos ahora tenés que dejártelo así de largo.

—No te entiendo, Miseria.

—Que el largo no te lo tocás. Mañana compro un peine para desenredarte.

Y ya no me volvió a escribir más.

En la cocina hay varios porrones vacíos. Cuando volví ayer no estaban y en la casa no había nadie. Me quedé en la entrada comiendo con la perra y le armé una cucha con una caja y una frazada mía. Todavía debe estar ahí durmiendo. Abro la puerta y encuentro solo mi manta y la caja vacía. De la comida que le puse no dejó ni las migas. Me da lástima que se haya ido, pero es mejor así, lo único que nos falta ahora es una perra. No sé por qué esta madrugada me da tristeza, me asomo hacia la esquina y después, para el otro lado, pero todo es silencio. No hay un alma en la calle y sin la perra, vuelvo a estar tan sola como siempre.

Pongo la pava en la hornalla y al rato escucho el agua que empieza a calentarse. Cuando era chica, mi mamá me fue enseñando a entender sus sonidos para que no se llegue a hervir y lave la yerba. Pero ahora hace mucho que ella tampoco está. Como no quiero tomar mate sola, espero y voy a ver si Miseria o mi hermano están despiertos. Empujo la puerta de la pieza, los escucho respirar. Me acerco tratando de no despertarlos y descubro que entre mi hermano y ella, apretada como una garrapata, está la perra.

—¿Qué hacés acá?

Asoma la cabeza entre las sábanas con la lengua afuera y una cara de pilla que no se puede creer.

—¡Vamos!

Se baja de la cama dejando desnuda la panza de Miseria, que de tan tirante parece que en cualquier momento se fuera a romper. La tapo con la frazada para que no le dé frío. La perra viene conmigo a la cocina, abro el paquete de yerba, cargo el mate, busco fiambre de la heladera y me siento en el piso con ella. Armo un rollito de jamón y lo recibe hecha un bollo entre mis piernas, estirando el cuello y la cabeza hacia mí. Es una perrita joven, no sé si ya terminó de crecer. Cuando el sol se asoma y ya se escuchan los colectivos cargados de gente, la perra y yo salimos para la feria. Corretea al lado mío y ya no estoy triste.

25

Nunca sueño y si sueño, no me acuerdo, y si me acuerdo, el sueño en mi cabeza dura poco, ni bien salgo de la cama ya me lo olvidé. Pero esta noche soñé con Madame y ahora me da charla desde adentro de mi cabeza: ¡Miseria! Dejala en paz a tu amiga. Vos no sabés lo difícil que es ver.

Para despejarme, me doy una ducha. Dejo correr un rato el agua hasta que se calienta, me saco la ropa y me miro en el espejo. La cadenita que me regaló Madame me está asfixiando, el ojo amaneció casi clavado en mi cuello, dejándome hundida su marca en mi piel. Meto el cuerpo en la bañera, pero tengo la panza tan para afuera que no se moja. Necesito enjabonarla aparte y girarla para el enjuague. Cuando termino, salgo con la única toalla que encuentro en el baño. Como es muy chica, la panza me queda afuera otra vez.

Entro a la pieza y encuentro las chancletas azules del Walter, me las pongo y voy para la cocina. Con la mano izquierda abro la heladera y saco dos huevos. Me acerco a la mesada y los apoyo con cuidado de que no vayan a resbalarse hacia el piso. La panza me empuja la toalla y necesito sostenerla todo el tiempo con la mano derecha para que no me deje desnuda y mojada en el medio de la casa. Encender un fósforo y abrir el gas de la hornalla se me hace re difícil, pero cuando lo logro es todavía peor tener que cascar los huevos con la mano izquierda. Intento con el primero y funciona, aunque dejo un rastro finito de clara que parece un hilito de babosa, la yema no se rompe. Casco el segundo y tampoco. Cae perfectamente en la sartén. ¿Cómo puede ser que el huevo ayer se me haya destrozado?

Estoy despierta, ya pasaron un par de horas desde que me levanté y todavía sigo escuchando la voz de Madame. ¡Miseria! Dejala en paz a tu amiga. Vos no sabés lo difícil que es ver. Soy la Reina de la Noche. Tenés que hacerme caso. La cabeza no me para de charlar. Me llevo la mano al cuello, meto el dije entre el pulgar y el índice y de un tirón seco, la cadenita se corta y me arranco el ojo de Madame de encima del cuerpo y lo tiro al tacho de basura. Me sirvo los dos huevos fritos en un plato. Las yemas anaranjadas, redondas, perfectas. Les pongo sal y cuando los huelo, siento una patada en el medio de la panza. Busco un pedacito de pan y lo meto en la yema para que comamos mi bebé y yo.

26

La perra no tiene mejor idea que meterse entre los puestos a ver si puede zarparse algo y ni bien lo logra, viene hacia mí moviendo la cola con un pan entre los dientes.

—Acá no podemos hablar —dice la mujer cuando la encuentro, me agarra las dos manos y poniéndomelas juntas, como si fuera a obligarme a rezar, no me las suelta. Siento sus palmas gastadas de amasar, ásperas y fuertes sobre las mías:

—Quiero saber cómo te fue con la ofrenda. Vení a eso de la una que termino. —La señora mira de reojo a la perra que se está comiendo las últimas migas y agrega—: Vení sola, no traigas ningún animal.

No puedo cargar con una perra todo el día, así que compro medio kilo de su alimento y vamos para la terminal. Ella me sigue. Quiero ver si puedo dejarla el tiempo necesario para poder hablar con la mujer de los panes. Cruzo la calle y se demora atrás. La llamo para que venga y se hace la tonta. Insisto y cuando finalmente me da bola y pisa la calle, pasa una moto a todo lo que da y casi la atropella. Llega jadeando, con la lengua afuera y yo no sé quién está más asustada, si ella o yo. Llegamos a una cucha de papeles de diario y trapos viejos. Está vacía y la perrita se para ahí, me mira y baja la cola sin moverse. Creo que esa es su casa pero no estoy segura, muchas personas duermen en la calle por acá. Busco entre los cartones para ver si hay señales de otro dueño pero no encuentro nada. Solo trapos en donde se echa y yo me acomodo al lado suyo para mirar la calle juntas.

Acá no hay edificios, todos son casas bajas y locales de lotería, boletos de micro, encomiendas y comidas rápidas. Pero como están los micros saliendo cargados de gente, pasan tantos taxis y autos como si fuera la avenida. Vienen con todo, del lado de General Paz. Cualquiera puede atropellar a la perra.

La llamo y me apoya la trompa en las piernas y baja las orejas y yo empiezo a acariciarla mientras ella sigue poniéndome esa cara de víctima que me hace reír. ¡Qué perra más pilla! Sabe que si me mira así no la puedo dejar. Abro la bolsa y vuelvo a ponerle un puñado de alimento, pero tampoco ahora quiere comer. Saco el celular y me fijo la hora, si voy rápido a hablar con la señora vuelvo a buscarla en menos de un rato para que no le pase nada.

La acaricio un tiempo largo, sin apuro y cuando cierra los ojos, le corro la cabeza de mis piernas y se la apoyo sobre una pila de diarios y trapos como si fueran su almohada. Me quedo haciéndole mimos y ella no vuelve a abrirlos y me digo a mí misma que la perra va a estar bien, que la dejo apenas lo necesario para volver a buscarla enseguida. Me levanto conteniendo la respiración, giro y encaro para la feria.

27

Vuelvo y me parece que hay más gente que nunca. Los colores florecidos de los locales me hacen bien. En una tienda de hierbas que curan hay un muñeco que sostiene en la boca un cigarro enorme. Lleva puesto un gorrito de lana en punta, con dos trenzas cayendo a los costados de la cara. Algo en él está contento y se le adivina una sonrisa aunque el cigarro le ocupe media boca. A sus pies tiene una bolsa con monedas doradas, algunos billetes, un platito con distintos granos de maíz y un cenicero en donde los que pasan fueron dejando sus puchos. Me llevo las manos a los bolsillos, apenas me quedó un billete y no quiero ni mirar de cuánto es. Lo agarro así como está y cuando estiro el brazo para dejárselo, la perra sale del costado del muñeco, me salta encima y me empieza a lamer con un movimiento tan brusco que casi tira todo.

—¿Vos no estabas durmiendo?

La perra me engañó, volver a llevarla es inútil, lo mejor va a ser buscar la clínica del flaco y dejársela a él. Es lo único que se me ocurre, ya no tengo plan b.

Salimos para Rivadavia y no la dejo que se vuelva a meter en ningún otro negocio. Ella cruza la avenida con respeto, como si hubiera aprendido que tiene que tener cuidado para que no se la lleven puesta. Nos subimos al puente que va de lado a lado de la estación, es muy alto y casi toda su estructura es de metal, a los costados sus vigas dibujan cruces extrañas sosteniendo el techo de chapa. Nuestros pasos hacen al andar el mismo ruido que provoca un pibito al golpear una lata vacía de dulce de batata. Parece un juego y la perra se adelanta contenta, pero yo me quedo parada en el medio. No bajamos por ninguna de las escaleras que van para los andenes porque para pasar del otro lado hay que ir por la última, pero yo todavía no quiero. El Walter me dijo que desde arriba puede verse la cancha de Vélez. Miro alrededor, los edificios que siempre me parecen tan grandes se ven como casas para hormigas. Estoy hasta más alta que la cruz de la iglesia y eso me encanta. Trato de distinguir la entrada del cementerio pero acá todo lo que es bajo desaparece. Después voy girando despacio.

Se ve venir el tren por sus vías apoyadas sobre la tierra y cuando se acerca, la perra y yo saltamos arriba suyo como si pudiéramos pisarlo. Ella ladra de contenta y copia todo lo que hago y yo no dejo de festejar que mis pies son tan poderosos desde arriba del puente que parecen aplastar la locomotora y todos sus vagones.

Más que la cancha de Vélez siento que desde acá arriba se puede ver el mundo entero.

Cuando el tren se va haciendo cada vez más chico hasta desaparecer a lo lejos, empiezo a caminar de nuevo y la perra me sigue. A cada lado hay rejas enormes y otras muy finitas, cuadriculadas, que lo hacen parecer a un mosquitero gigante que no permite que los bichos que lo atraviesan se caigan a las vías. Hoy las moscas somos la perra y yo. Al final está la escalera que nos lleva al otro lado, me gustaría que no tuviera escalones, que no fuera más que un tobogán altísimo para nosotras dos.

Ni bien bajamos nos topamos con un chico de unos catorce años durmiendo entre mantas. Aunque es mucho más chico que yo, está solo entre un par de frazadas viejas. Veinte metros más allá hay un viejito. Nos alejamos de la estación sin llegar a verles las caras. ¿Habrá alguien buscando a ellos dos?

Después son un par de cuadras hasta llegar a la clínica que es enorme y tiene una puerta principal y un estacionamiento. Bien no sé por dónde esperar al flaco y busco algún lugar que me permita vigilar.

De nuevo la perra me estorba, no puedo entrar con ella a la clínica, así que no me queda otra que esperarlo afuera, aunque se me pueda pasar la hora para llegar a buscar a la mujer de la feria. Cruzo y me siento en la vereda de enfrente. La perra se me echa al lado.

Trato de pensar en la cara del flaco y me acuerdo de sus ojos, sé que en cuanto salga lo voy a reconocer enseguida. Va llegando el mediodía y me empiezo a poner nerviosa. La perra se me quedó dormida.

De la entrada principal sale un grupo de mujeres con la ropa de la clínica charlando entre ellas. Visten la tela del mismo color que llevaba el pibe cuando lo conocí. Al rato, entre un grupo de gente, lo veo salir.

Me paro y la perra se despierta y también se levanta conmigo. Me adelanto como para cruzar y él ahora sí nos reconoce, mueve los ojos desde la perra hacia mí. Siento una ola de calor en todo el cuerpo y es tan fuerte que me da miedo que se me pongan los cachetes colorados. Él viene hacia nosotras y apenas apoya el pie en esta vereda señalo a la perra:

—Tengo algo importante que hacer y no puedo quedármela.

Como si no me hubiera escuchado, el flaco me tira:

—Qué bueno que hayas venido. Quería volver a verte.

No me pregunta nada. No me pide un motivo para que estemos ahí. Solo insiste una y otra vez en que se quedó con ganas de volver a verme y yo de nuevo siento que me estoy prendiendo fuego.

—¿Ya almorzaste? ¿Querés tomar algo?

Le digo que no, que quedé con una amiga pero

no puedo llevar a la perra que mueve la colita como si fuera un helicóptero a punto de despegar.

—Bueno, hagamos así, yo me la quedo esta noche y la siguiente, pero después trabajo, así que vos la venís a buscar.

El pibe me pasa un papel en donde anotó algo.

—¿Qué es?

—Mi dirección —tira el flaco y yo cierro la mano y me aferro a ese papel como si fuera un tesoro. Me lo guardo en el bolsillo y arranco para la feria.

28

Las señoras del pan de yema y el chipá ya vendieron toda su mercadería y están levantando sus puestos. Canastos con telas en las que envuelven enormes cargamentos que transportan desde sus hogares.

Yo busco solo a una, la señora de los panes que me enseñó a ofrendar.

—¿La ayudo? —ofrezco cuando por fin la encuentro sacudiendo sus telas y guardándolas adentro de una canasta enorme.

—No hace falta, lo que traje esta mañana ya se fue. Te estaba esperando.

Su piel está arrugada como un bollito de pan tostado. Levanta último el tejido de colores que usa para sentarse, lo dobla con cuidado y lo acomoda con el resto.

—Ahora mi carga es liviana. Vamos adentro —invita y me abre una puerta que da a un pasillo casi interminable que nos lleva a un patio interno. Las mujeres y hombres que trabajan en los puestos tienen acá su momento de sentarse a comer. Hay macetas de barro cocido y pintado, algunas tienen cactus y otras plantas con flores. Nos sentamos y el sol apenas nos pega, porque estamos rodeadas de paredes altas. Las mesas tienen todas su mantel en donde una chica de trenzas negras apoya dos platos hondos con un alimento caliente que me hace acordar a los guisos que comía de chica. Pruebo: maíz, tomates, ajíes, zapallos, algunos cuadraditos de carne. El sabor de cada uno contagia al de al lado y cuando lo voy comiendo ya no siento el gusto de las cosas por separado, sino que me sube el sabor de todo el plato junto. Se parece a la feria, nunca cada puesto por separado tiene el sabor de todos sus puestos juntos.

—¿Qué andás necesitando, muchacha? —pregunta.

No sé si empezar hablándole de mi sueño sea lo mejor, pero no encuentro otra forma. Le hablo de cuando me levanté en la noche por la pesadilla de Miseria llorando, de su panza y sus brazos vacíos, del camisón con florcitas rosadas que se va mojando de las lágrimas y una sangre tan brillante como la salsa de tomate. Y de mi ida al hospital al que Lucas me contó que llaman Camino al cielo, de la cola para la atención con la gente amontonada en el suelo sin que a nadie le importe. Y del miedo que me da el hospital enorme y helado para el cuerpo chiquito de Miseria. Hacia el final se me quiebra la voz y recién ahí me doy cuenta de que yo también tengo ganas de llorar. La señora termina sus alimentos y apoya la cuchara.

—Parir no es asunto de unas muchachitas solas —advierte mirándome a los ojos—. ¿Cómo vas a dejar a tu amiga con gente que ni conoce para que tenga a su bebé?

Todavía las ganas de llorar me aprietan la garganta encerrándome la voz.

Pienso en mamá sin nadie, con apenas unos años más que Miseria cuando lo tuvo al Walter, en algún cuarto de hospital que ni siquiera sé cuál fue. Y que me hubiera encantado darle la mano para hacerle compañía, como quiero ahora dársela a Miseria.

—Si las mujeres nos juntamos para todo, para hacer las compras, para tejer, para contarnos cosas, para cocinar nuestros alimentos y llevar a los niños a la escuela, ¿por qué íbamos a parir separadas unas de otras?

Ella vuelve a su plato. Me parece que no estoy acompañando a Miseria como tiene que hacerlo una amiga. La mujer se da cuenta de que algo me impide seguir comiendo tranquila y agrega:

—Llegar al mundo e irse no son cosas que haya que hacer solas. —La mujer de los panes toma aire para seguir hablando—: Si las mujeres nos juntamos, ahí está nuestra fuerza.

Ahora la que se queda pensando es ella. Mis últimos restos del guiso se van enfriando en el plato y cuando estoy a punto de volver a llevarme la cuchara a la boca, ella me tira:

—Antes había una mujer acá que se encargaba de eso, Doña Justina se llamaba, y era una mu-

jer alegre y bastante joven para saber tanto. Llevaba muy bien su arte de traer bebés y acompañar a
las madres. No sé por qué ella se retiró.

Escucho el nombre y pienso en Miseria y su
compañera de trabajo, pero no digo nada. Debe
haber docenas de Justinas por acá y no quiero meter la pata. Pero cuando la señora de los panes dice
que la busque, que Justina anda cerca, me animo
a preguntarle:

—¿Justina, la que trabaja en el cotillón de acá
a la vuelta? —Y le señalo hacia el local en donde
ahora también Miseria estará trabajando.

La señora de los panes parece absorber por un
segundo todo el sol que se mete al patio interno y
me contesta segura:

—Ella. Era la mejor acompañando a los que
llegan a este mundo y sobre todo a las mujeres
que los dan a luz.

No puedo creer mi suerte; Miseria y ella pasan casi todos sus días en el mismo local y se fueron haciendo amigas. ¿Por qué Miseria nunca me
contó esto?

Miro la hora en mi celular y es temprano. Todavía estoy a tiempo para ir a buscar a Justina a la
salida de su trabajo.

Antes de seguir un poco más entrándole a mi
guiso, le beso las manos a la mujer de los panes y
ella se ríe por primera vez desde que llegamos acá.
Los nervios me hacen comer rápido y cuando termino me tomo una especie de té que nos sirvie-

ron en vasitos descartables y me levanto de la silla para despedirme.

—Cuando necesites hablar con alguien de nuevo, aquí me encuentras, muchacha.

29

—Soy Justina y te andaba buscando.

—Justina —balbuceo y le estiro la mano como si fuera un hombre y me la tuviera que apretar—. Yo también vine por vos.

Pero ella hace otra cosa. Abre sus brazos esperando mi cuerpo.

—Cometierra, hija —dice y parece que los ojos se le llenasen de lágrimas, pero ya no puedo verlas porque estoy entre sus brazos—. Todo va a estar bien. Vamos.

Yo no pregunto nada y la sigo por las mismas cuadras por las que anduve mil veces, entre locales, bancos y paradas de bondi.

Voy mirando los edificios más altos para ver cuál será el de la Tina pero al final ella no vive en ninguno de ellos. En la esquina de un caserón viejo que parece a punto de derrumbarse, doblamos alejándonos de las vías, caminamos hasta el final de una cuadra sin árboles y con menos sol y la Tina se para en una entrada que parece la puerta de una heladera vieja. El edificio es tan alto que nos deja en sombras, debe tener como veinte pisos. Las paredes están apenas menos escritas que las que rodean la estación. Hay dos ascensores pero uno no funciona y entonces tenemos que esperar un buen rato. Es tan chiquito que apenas entramos y el subir lento y el espejo roto con manchas de pintura negra, me hacen temer que se pueda quedar en cualquier momento.

Cuando llegamos al piso de la Tina, para dando un sacudón.

El pasillo es una mezcla de música que me hace extrañar mi barrio de antes, en donde la cumbia se escuchaba mucho más fuerte que el motor de los colectivos y las motos. Apenas nos metemos en su departamento, dice:

—José, vas a tener que salir un rato, y que se vayan tus amigos también.

El pibe no contesta nada, y todos los que están alrededor suyo levantan algunas poquitas cosas, el celular, los puchos, alguna llave y un par de latas y nos dejan solas. Antes de irse se me acerca una chica bajita, de pelo negro.

—Me llamo Liz. Miseria me habló de vos.
—Siento que a ella le gustaría quedarse hablando conmigo, pero hoy no tenemos tiempo.

Lo primero que hace la Tina cuando estamos solas es bajar el volumen del equipo de música. Un tapiz tejido con un pájaro y una chica es el único adorno de colores en las paredes del departamento además de las fotos grandes que están por todos lados. El pájaro es enorme y sus colores me recuerdan a los banderines y mantas de la feria, mientras la chica avanza llevando algo entre las manos. Al lado del tapiz ya están las fotos, algunas fotocopiadas y pegadas con mucho esmero en un cartón y envueltas en un nylon transparente para que no se arruinen, tienen purpurina alrededor que forma corazones.

La Tina va a la cocina y vuelve con dos tazas, no me pregunta nada, pone una adelante mío y veo cómo desprende vapor tibio y olor a hierbas.

—Vamos a calentar un poco el cuerpo —dice antes de probar su taza y a mí me parece que todo acá adentro desprende calor. Incluso la voz de la chica que canta.

Antes que terminemos de tomar, la Tina acerca una mesa a la pared para subirse arriba y llegar con sus manos hasta las fotos. Las va despegando de las paredes de su casa y a mí me da miedo que pueda rompérsele alguna pero no. Después se baja y arrastra la silla hasta donde estamos para dejar una montaña de fotos en el sillón, al lado mío, se acomoda justo enfrente y me las empieza a mostrar:

—Ese bebé es mío. Ese es un bebé de mis manos, ese es mío y ese de mis manos también. Esta es la Yacky, la hija de los dueños del puesto de flores, es bebé de mis manos y ahijada, este es el último hijo que llevé en mi panza, hace dos años que no lo veo porque cuando me separé de su padre, desaparecieron con él.

Mientras la Tina me muestra pienso qué foto podría mostrarle yo a ella a cambio y no tengo

126

ninguna. No tengo fotos de las mujeres desaparecidas, ni de María secuestrada, ni de la chica del agua, no tengo ninguna foto de las chicas que busqué, pero a todas las devolví yo. Me acuerdo de una foto de la seño Ana conmigo, paradas las dos enfrente del pizarrón, la sonrisa de Ana como ya casi nunca la veo brillando en ese momento atrapado por la cámara, en una foto que decía "Recuerdo escolar" que quedó en la casa de antes perdida para siempre.

Tomo un trago viendo las fotos de la Tina del lado de adelante pero también de la parte de atrás. Las cintas adhesivas con restos de pintura y mugre superpuestas que me hacen imaginar la cantidad de veces que la Tina las despegó de la pared para mostrarlas con la ilusión de que le sirviera para algo y cómo después volvió a pegarlas en su lugar con cariño, como si los bebés de la Tina, los que su cuerpo trajo al mundo y los que sus manos recibieron desde el cuerpo de otra mujer, fueran medallas brillantes.

Cuando termina de pasarlas, las vuelve a dejar en el sillón y se queda callada.

Tomo aire y pienso en la tierra.

—Yo dejé cuando me vine acá.

—Yo dejé cuando se los llevaron a ellos dos —contesta mostrándome dos fotos en las que hay un bebé de un año y un pibe chiquito, de apenas tres o cuatro. Las separa del resto y me las deja apoyadas en el pantalón. Después agrega:

—Mucho no sé explicar cómo hago esto, saben mis manos. A ellas les enseñó mi abuela, y a ella su abuela también. No todo se explica, hay cosas que se hacen y se enseñan así: haciéndolas.

—Antes que llegue a responderle nada, agrega—: No necesitás explicarme, yo sé que podés ver a los que no están y a mí me faltan dos hijos. Te andaba buscando para proponerte que le doy mis manos a Miseria para que llegue su guagua al mundo y vos me decís dónde están ellos dos. ¿Qué tierra vas a necesitar?

30

—Tenías sueño en esa casa, se te cerraban los ojos. Pero después, acá de nuevo, no te podés dormir. Te pasaste media noche dando vueltas.

—¿De qué casa me hablás, Ana?

—De la casa del tapiz de pájaro. Hace días que quiero hablarte, pero vos no me escuchás.

No le contesto nada, ni siquiera sé si tengo ganas de hablar con Ana ahora, pero ya estoy acá. Con ella no existe la noche en la que pueda descansar en serio. Y encima hoy, está enojada.

—Te estoy hablando, y tu cabeza sigue estando allá, en esa casa que no te conviene volver a pisar nunca. Haceme caso. Yo desde acá puedo darme cuenta de cosas que vos todavía no llegaste a ver.

—Ahora necesitamos a alguien que vive ahí — la corto. Hoy la seño Ana me tiene cansada.

—¿Y si la Florensia y yo te necesitamos a vos? ¿Ya no te importa?

También en el sueño hago la prueba de cerrar los ojos y logro dejar de ver a Ana por un rato, pero es imposible dejar de escuchar su voz.

—No vuelvas nunca a esa casa. Esa mujer quiere que comas tierra solo para ella.

31

Dormir de verdad, nunca. Doy vueltas en la cama pensando de más. Sobre todo ahora que tengo que ir a buscar a la perra. Lucas me había dicho que hoy trabajaba y que no iba a poder dejarla sola, pero le mando un mensaje, pasa una hora y no lo leyó. Lo llamo y nada, me salta de una el contestador. Miro donde tengo anotada su dirección y la busco en el celu.

Siento algo raro en esto de meterme a lo de un flaco que vive solo y pierdo un poco las ganas.

Saco el último porrón de la heladera y me lo tomo aunque son las diez de la mañana. Miseria se despertó temprano pero ahora hace un rato que se volvió a acostar. Anda que no puede quedarse quieta. Pensé en pasar por la feria, pero ni eso me hace dar ganas de salir, sobre todo porque a esta hora ya se llenó de gente.

Me suena el celular y es un audio de wasap, le doy play:

—Dale, vení. Te voy a estar esperando. —La voz de Lucas cambia todo. Busco su foto de perfil y la agrando. La miro un rato mientras termino la cerveza. Salgo de la cocina para elegirme ropa y por primera vez me dan ganas de haberme comprado algo lindo. Elijo una musculosa negra con tiritas cruzadas en la espalda, la más chica de mis bombachas negras y un short de jean. Tengo ganas de poner música pero no quiero despertar a Miseria, así que vuelvo a darle play al mensaje de Lucas. Su voz logra que no me importe ir a su departamento aunque lo conozca hace poco.

Veinte minutos después estoy desnuda en el baño, envuelta en una toalla y con el pelo chorreando. Me miro en el espejo, no dormí casi nada pero no se me nota. Busco mi cepillo de dientes y la pasta, veo una crema que la Tina le regaló a Miseria, que está sin abrir y un lápiz negro para los ojos. Me peino, me tiro un montón de desodorante, me pongo la musculosa directamente sobre la piel, la bombacha y el short y cuando estoy por salir veo sobre la mesa un volante de ropa para pibes. Lo debe haber traído Miseria. Cuando vuelva voy a tener que acompañarla aunque no se me ocurre nada más aburrido.

Ahora solo quiero ir hasta lo de Lucas.

32

¿A qué hora venís hoy?, le pregunto al Walter antes de que se vaya al taller.

¿Por qué no dormís, Miseria? No quise despertarte. Aprovechá para descansar. Y yo, que no entiendo qué es lo que tendría que estar aprovechando, le insisto: ¿Aprovechá qué?

Que ya no vas al trabajo y que podés dormir todo lo que quieras porque el bebé todavía no nació. Se acerca de nuevo a la cama. Se sienta y me acaricia a mí y a mi panza diciendo: Perdoname. No quise despertarte.

Ni siquiera me da para decirle que soy yo la que se despertó media hora antes que él y se quedó mirándolo dormir. Tengo que repetirle: ¿A qué hora volvés del laburo, Walter? Porque parece que se olvidó de mi pregunta. Y me contesta que no sabe, que tarde, que últimamente están entrando muchas motos al taller y tiene trabajo atrasado. Se levanta y se pone la primera remera que encuentra. Se acerca a darme un beso que trato de alargar con la lengua. Le gusta y juega conmigo estirando ese beso un rato más hasta que se despega y se va. Al principio me quedo acostada y trato de hacer lo que él me dijo, pero como no me duermo, yo también me levanto. Busco a Cometierra y la encuentro cambiada, con los ojos pintados y vestida toda de negro. Le pregunto si me acompaña a comprar algunas cosas para el bebé, pero me dice que mejor a la tarde, que quedó en ir a buscar a la perra temprano porque el flaco que la cuida se tiene que ir a trabajar. Cometierra está en la suya, ni me registra. También a ella le pregunto a qué hora vuelve, pero está tan en otra que no me llega a escuchar. Solo me dice que tiene que apurarse, que en un rato ya se va. Hoy que necesito que se quede conmigo, está más ida que nunca. Vuelvo a la pieza, me acuesto boca arriba y el peso del bebé me hunde la espalda y me hace doler. Me pongo de costado, hecha un bollito, y me agarro las rodillas para poder rodear mi panza por completo. El bebé se mueve adentro mío, no hace falta que dé patadas porque lo siento igual, suelto mis rodillas y me paso la mano por donde empezó a patear. Ellos no se dan cuenta. Me dejan en la casa para que me prepare para su llegada pero mi hijo hace tiempo que ya está acá. Ni él ni yo sabemos esperar ni estar encerrados. ¿Qué podemos hacer? Escucho el golpe de la puerta de entrada de la casa, es Cometierra que sale a lo de su nuevo chongo. Hoy prefiere estar con la perra y con él. Cierro los ojos y me vuelvo a hacer un bollito en la cama. Aunque trate, ya no voy a dormirme de nuevo. Prendo la tele que el Walter compró para nosotros dos. Aparece un bosque con muchísimos árboles y un oso color marrón. Cuando era chica vi un programa de osos. Mi mamá también había comprado una tele a pagar y el novio que tenía en ese momento se había trepado de costado al techo de la casilla para poner una antenita que se abría como si fuera la cabeza de un extraterrestre. Era la primera vez que teníamos una y con mi mamá no salimos de la casa durante días. Nos la pasamos comiendo galletitas y fideos frente al Zorro, el Chavo del ocho, María la del barrio y esos documentales de animales que a las dos nos gustaba mirar.

El oso marrón de la pantalla acaba de encontrar a su cría, un cachorro juguetón con el que se acurruca en el bosque. Así tendría que ser yo ahora, una osa que va a dormir todo el invierno preparándose para después, pero no puedo. Me aburro y necesito charlar con alguien. ¿Y si la llamo a mi mamá?

33

Nunca fui más veloz en atravesar la feria y por primera vez me doy cuenta de que acá también venden ropa para recién nacidos, pero tienen tantos colores como las guirnaldas que se sacuden por el viento arriba de cada local. También hay algunas camisas blancas con chaleco y pantalón negro como si en vez de un bebé fuera un novio que está a punto de casarse.

Busco la dirección y sigo hasta dar con la calle, cuando miro la altura me doy cuenta de que estoy solo a dos cuadras y acelero. Acá tampoco hay tierra ni árboles en toda la cuadra pero en la entrada del edificio, que brilla de limpia, hay plantas tan grandes que no parece que estuvieran en macetas. Las paredes blancas no tienen ni siquiera un rayón. Antes de tocar el timbre vuelvo a mirar la foto de Lucas. Me la paso viendo caras y no sé por qué, parecería que esta se me borra, que necesito verla a cada rato. Busco su departamento en el portero y llamo. Contesta y aunque sé que es él, pregunto:

—¿Lucas?

—Ahí bajo.

Unos minutos después, mete su llave y abre la puerta de vidrio para recibirme. Me da un beso y subimos al ascensor. Él también está recién bañado, pero huele a cigarrillos y a café.

—No bajé a la perra porque no quiero que la vean los vecinos.

Lucas tiene el pelo ondulado y húmedo, que le llega a los hombros y es casi del mismo color de la perra, como si fueran familia. La piel clara y los ojos muy oscuros, con unas pestañas hermosas. Sonreír le queda bien porque los dientes son parejos y blanquísimos, pero sobre todo porque siento que nos conocemos desde hace un montón.

Apenas salimos del ascensor escucho las patitas de la perra rascando la puerta y ni bien Lucas abre, se me viene encima.

Yo también la extrañé. Está tan emocionada de verme que no me deja caminar ni un paso. Me agacho y la acaricio mientras se retuerce de la alegría y a mí me encanta que en pocos días se haya encariñado así.

El departamento está muy ordenado, como si no viviera nadie. Lucas me cuenta que un compañero de la clínica le pidió cambiar el turno para mañana, así que ya no tiene que irse.

—No tenemos ningún apuro. Se agacha, le rasca la panza a la perra que se la ofrece entregadísima desde el suelo, toda abierta de patas y moviendo la colita a más no poder:

—¿Te gusta nuestra casa?

Le digo que sí y después pregunto:

—¿Por qué no me dijiste que venga después? Podría haber dormido un rato más.

—Porque te extrañaba igual que la perra.

Siento que un fuego me sube desde adentro hasta encenderme la cara.

No contesto nada, pero me lo quedo mirando. Lucas se levanta y se me acerca:

—Tenía ganas de perderme todo el día acá con vos.

—Yo todavía no me perdí en ningún lado —contesto sin bajarle la mirada.

—¿Querés tomar algo?

—No.

—¿Querés fumar conmigo en el balcón?

Le vuelvo a contestar que no sin que ninguno de los dos dé ni un paso para atrás. Estamos tan pegados que no veo otra cosa que su cara. Lucas vuelve a preguntar:

—Entonces, ¿qué querés?

Me le arrimo tanto que ya no puedo estar más cerca sin tocarle los labios y vuelvo a sentir el aliento a cigarrillo mezclado con el primer café. El fuego de la cara se va abriendo hacia todo mi cuerpo y me encanta. La boca de Lucas, sus labios, su lengua, su olor, las manos que me pasa por la cintura y que buscan la piel debajo de mi remera. No hay otra cosa en el mundo:

—Quiero seguir durmiendo. ¿Cama tenés?

34

Por más que este año perdí un celu y el otro dejó de funcionar, siempre vuelvo a guardar el número de mi mamá en la agenda nueva. Le pongo así: mi mamá. Hasta ahora ni me había animado a mandarle un mensaje, pero hoy más que nunca tengo ganas de escuchar su voz diciendo: Ay, Miseria, ¿sos vos? ¡Contame en dónde andan!

Pero nadie atiende y me pasa a una casilla de mensajes llena. Mi mamá no los debe escuchar, ni siquiera la contestadora tiene su voz grabada y yo pienso si todavía será este su número o lo cambió, igual que yo. Vuelvo a llamarla y pasa lo mismo, así que ya no quiero tratar de nuevo. La extraño demasiado y si no me atiende, la única sería ir para allá y ahora no puedo. Por el suelo deberían estar mis zapatillas negras. Las busco y no las encuentro. Me fijo en el mueble de la ropa y no hay ni siquiera un saquito de bebé. Nunca la pieza me pareció tan vacía. Quiero encontrarlas aunque no sé para qué me las pondría ahora si no voy a salir. Me vuelvo a hacer un bollito en la cama y pienso en mi mamá y yo mirando la tele juntas, ahora me acuerdo que el documental se llamaba Animales que hibernan, lo vimos un millón de veces porque lo repetían siempre. Yo pensaba que hibernar debía ser dormir un montón de tiempo hasta que todo estuviera mejor, pero ahora ni siquiera consigo dormirme un día. Cometierra me contagió sus pesadillas. Por más que cierre los ojos, algo adentro de mi cabeza se queda encendido.

Por ahí cuando el pibe nazca aprendemos a hibernar juntos, pero hoy necesito charlar. Vuelvo a sacar el celular y busco la letra T, aparece la Tina y llamo. Su teléfono suena un montón de veces y cuando pienso que ella tampoco está, me atiende. Parece muy contenta de escucharme la voz: Tina, ¿venís hoy después del local? Claro. ¡Tengo tantas ganas de verte! ¿Necesitás algo?

Le cuento lo de la ropita del bebé y me tranquiliza: promete que en la semana vamos juntas a unos locales del otro lado de la estación, que ahora no puede contarme mucho porque los chinos la vigilan, pero que ni bien termine, se pasa. Cuando la Tina corta me siento un poco mejor. Me levanto porque tengo ganas de hacer pis y como el bebé me aprieta la vejiga, no aguanto casi nada.

Voy al baño, me bajo la bombacha y me siento. Mientras hago pis veo mis zapatillas recién lavadas secándose en la soga. Les sacaron los cordones y las plantillas y todo está colgado con broches. Cometierra o el Walter me las lavaron y ahora parecen nuevas. Nunca estuvieron así de flamantes. Algo adentro mío se alegra. Siento que piensan en mí y me dan ganas de llorar. La Tina me había hablado algo del embarazo y las emociones y yo no le di ni bola. Me cae la ficha: Hoy me siento emocionada. Descuelgo las zapatillas todavía húmedas, los cordones y las plantillas. Las voy a colgar en la ventanita de la cocina, donde da bien el sol, para que terminen de secarse. Me vuelvo a meter en la cama de costado para hacerme un bollito de nuevo. Me hablo a mí, aunque sé que mi bebé también escucha: Miseria: tenés que hibernar un poco. Miseria: tenés que dormirte hasta que todo esté mejor. Pero ni siquiera intento cerrar los ojos.

Faltan horas para la visita de Tina. Falta un montón de tiempo para que vuelva el Walter de trabajar. Ni siquiera sé cuándo van a caer Cometierra y la perra. Todos dicen que falta poco para que llegue mi bebé, pero mientras tanto estoy sola. Pienso en él todo chiquito adentro mío y se me cae la primera lágrima. Después van saliendo otras, despacio. Hoy llorar es para mí la forma de esperarlos a todos.

35

Nunca se me hubiera ocurrido que las estrellas tuvieran nombre y en la medida que Lucas me los dice y las señala, voy viendo animales monstruosos en el cielo de Liniers. Estamos tan alto que las luces de los carteles no las pueden borrar. Mientras me habla, me parece que los hombres le ponen nombre a cualquier cosa, como si un mundo sin nombres los asustara, aunque no sea posible nombrar todo. Las cosas del cielo y de la tierra no se acaban nunca. No sé cómo pedirle que se calle pero por suerte ya apagó la música que escuchamos durante la tarde.

La noche tiene sus sonidos.

Como casi siempre estoy atenta a la tierra, las cosas del cielo se me escaparon.

Tomamos cerveza en el balcón y aunque ya pasan de las once, hace tanto calor que la musculosa se me pega a la piel. Lucas pidió pizza a las tres de la tarde y no volvimos a comer nada más. La panza me hace ruido. Le paso la botella helada y él toma del pico. Mientras saco el celu y le escribo a mi hermano HOY NO VUELVO. Quiero olvidarme de él y de Miseria y que esta noche sea solo mía. La perra se acerca y pide caricias, las demás son para Lucas que me devuelve la cerveza como si fuera lo único que puede enfriarnos por un rato el cuerpo y las ganas de estar juntos. Se levanta y va adentro a buscar un encendedor, vuelve y fumamos un rato. El humo sale de sus labios que se abren apenas para que se escape hacia el cielo y me dan ganas de comerle la boca de nuevo. Cuando me adelanto para besarlo, el estómago me hace un ruido. Espero que Lucas tenga algo de comida para el bajón que nos va a pintar. Se ve que no le gusta cocinar, solo pedir cosas por teléfono. Me cuenta lo contento que se puso cuando caí a buscarlo a la clínica y que desde ese día estuvo esperando esta noche. Lucas me besa y yo vuelvo a encontrar el sabor de la birra y del humo dulce en su boca. Ahora se toma su tiempo. Me levanta la musculosa para seguir besando desde el cuello hasta donde empieza la bombacha y me parece raro estar casi desnuda en el balcón de un edificio. Más allá de la perra y las estrellas, nadie puede vernos.

Las manos de Lucas van por mi espalda hasta llegar a la bombacha, me la baja de un tirón y cuando me llega a los tobillos, muevo las piernas para ayudar a sacármela y me subo sobre él. Parece que hubiera sido hecha exactamente para encajarme en las caderas de Lucas con las piernas abiertas. Su pija me entra de una, como si hubiera estado esperándola y lo abrazo con todo el cuerpo. Lucas me da un beso mientras hace fuerza por tumbarme de espaldas. Trata de que no nos despeguemos pero algo le falla, porque cuando me dejo empujar hasta sentir el piso del balcón en mi espalda desnuda, su pija sale de adentro mío el tiempo suficiente para que suba un olor animal. A Lucas le gusta mucho más que cualquier perfume, porque me besa de nuevo mientras pone sus dos manos en mi cadera para arrastrarme hacia él. Creo que no podríamos estar más pegados, pero igual trato de apretar su cuerpo desde el nacimiento de mis piernas, mientras él empuja como si quisiera meterse todavía más. Arriba suyo, tan cerca que marea, todo ese cielo que acabo de descubrir.

Cuando suena la alarma a la mañana, hago la cuenta: faltan apenas unas horas para pasar un día entero acá. Me tengo que ir. ¿En qué momento volvimos para adentro? Si no sintiera las sábanas pegadas creería que dormimos en el balcón. Lucas se levanta, me dice que va a poner la cafetera y que se va a duchar. Yo no le contesto nada, solo lo miro: desnudo es tan hermoso. Me levanto también y la perra abandona su frazada doblada a los pies de la cama y me sigue a la cocina. La cafetera encendida llena el aire pero busco la pava y el mate y la yerba. Lucas tiene una banda de tarros y frascos de café, algunos sin abrir, pero de yerba, nada. No encuentro por ningún lado. Abro las alacenas tratando de no hacer ruido. Todo está ordenado y hay varios paquetes de galletitas, sopas, tés de frutas, chocolates chetos. Mate no hay, así que cierro y vuelvo a la pieza.

Encuentro toda mi ropa menos mi bombacha negra. Me pongo el short y la musculosa sin nada abajo. Le hago una caricia rápida a la perra que mueve la cola y me mira a los ojos y a mí me parece que sabe que hoy se viene conmigo y por eso está contenta. Todavía no comió. Cuando pasemos por la feria le voy a comprar un hueso con algo de carne y una bolsa de su alimento. Giro la llave para abrir la puerta y salimos hacia el ascensor. Por suerte llega vacío. Décimo, noveno, octavo... Cuando llegamos a planta baja nos encontramos con decenas de mosquitos enloquecidos chocando contra los vidrios de entrada. Igual que nosotras dos, esos bichos quieren escaparse. Saco el celular y busco a Miseria: la última vez que se conectó fue a las 23.51. Todavía debe estar durmiendo y como es muy temprano, no la quiero despertar. También tengo un mensaje de la Tina:

Voy para tu casa, tenemos que hablar con Miseria.

Tampoco a la Tina le contesto nada y guardo el celular pensando si habrá pasado algo.

Salimos a la vereda. Aunque haya amanecido hace minutos, afuera ya hay gente y colectivos despertando la ciudad. La perra y yo somos las únicas que no vamos apuradas hacia ningún trabajo. Lucas seguirá en la ducha, pensar en cuando salga y me busque por todo el departamento me divierte.

144

36

¡Encajado! Anuncia la Tina y se le ilumina la jeta.

Es la primera vez que escucho esa palabra y me gusta: ¿Sabés lo que quiere decir?

Cometierra está callada y no se acerca a la cama, parada como un fantasma, se acaba de bañar, pero igual tiene las mismas ojeras de las noches que no duerme. Sé que algo le pasa. La Tina se sentó al lado mío y me dijo que hoy estaba de franco. Las dos vinieron juntas y esperaron a que el Walter se fuera a trabajar para meterse en la pieza conmigo. La perra entró acompañándolas con la cola entre las patas y las orejas bajas. Al principio, me asusté cuando dijeron: Miseria, vinimos a hablar una cosa con vos. Pero como no les contesté, la Tina se acercó y me dijo: ¿Me dejás tocarte la panza? Yo sé de estas cosas. Me gusta que al menos una de mis amigas sepa de bebés. Cometierra no tiene ni idea igual que yo. Además debe ser la primera vez que me piden permiso, siempre me tocan la panza de una porque trae suerte. Bajo la sábana y me subo con cuidado la remera. La tela ya no puede estirarse más y mi piel tampoco. La miro, las chicas del pelo de arcoíris me dijeron que después la voy a extrañar, así que estos días me la paso mirándola. Parece que alguien puso una carpa arriba de mi cuerpo flaco y que arriba de todo, el ombligo hecho una mancha morada es su única puerta. ¿Quién vivirá escondido acá adentro? La Tina pone sus manos más abajo y presiona con los dedos abiertos como si lo estuviera buscando. Vuelve a repetir lo mismo varias veces y después, deja sus dedos apretándome como si lo hubiera encontrado, sonríe y dice: La cabeza de tu guagua está acá abajo, eso quiere decir que ya está lista para nacer. Usa las dos manos haciendo la misma fuerza, pero subiendo hacia el resto de mi panza, por los costados, sin tocarme el ombligo. La siento sin que llegue a doler. Sonríe de nuevo y dice que ya descubrió cómo está acomodado el bebé adentro de la panza y que está muy bien: ¿Ya pensaste un nombre?

La perra no quiere quedarse al lado de Cometierra, se adelanta unos pasos, y levanta la trompa. Le miro los ojos, la nariz negra, las orejas color té con leche igual que las dos patitas de adelante buscando subirse al colchón. Quiero que se llame Polenta, pero todavía no dije nada.

¿Cómo le voy a elegir el nombre al bebé si no le vi nunca los ojos? Además, si lo supiera igual no lo voy a decir. Quiero que él escuche ese nombre primero que nadie: Vos te llamás así y nosotros te vamos a cuidar siempre.

La perra da la vuelta. Polenta, vos te vas a llamar Polenta, mientras le acaricio las patitas que apoyó en el colchón.

Y Polenta se trepa con tanto cuidado que ni siquiera sacude la cama, avanza bajando las orejas y los párpados, con cara de yo no fui y se echa al lado mío.

Cometierra me asusta. Estuvo callada todo el tiempo y sigue con cara de sufrir, como si tuviera más miedo que yo. Solo se acerca cuando la Tina termina y vuelvo a guardar mi panza abajo de la remera y me tapo con las sábanas: Miscria, vinimos a proponerte una cosa.

37

A esta distancia, la tierra es otra. En mi mano ya empieza a transformarse. La dejo estar, un rato, adelante mío. La Tina se puso triste cuando supo que iba a necesitar la tierra que sus hijos habían pisado. Me contó que con el chiquito había estado apenas hasta que empezó a caminar.

—La tierra —dijo— podría no acordarse de él.

Necesito poco: unos puñados adentro de una botella transparente.

Hicimos un pacto, ya no hay vuelta atrás. Ella cumplió con su parte: empezó a ayudar a Miseria y su bebé, y yo tengo que cumplir con la mía.

¿Cómo voy a ser después de ver los cuerpos de los hijos de la Tina?

Me había jurado no volver a comer tierra y ahora me quema la lengua y me ruge el estómago reclamándola. La tierra está llena de secretos, pero no para mí. Vuelco la botella arriba de la mesa y levanto un puñado para llevármela a la boca y me voy llenando de saliva. Mi corazón hierve de amor a la tierra pero también de miedo. Cierro los ojos y dejo una mano apoyada sobre ella. La Tina me agarra la otra y me la aprieta. Olvidé decirle que no me gusta que me miren y ahora es tarde. Siento sus ojos desesperados fijos en mí mientras la tierra se va apoderando de mi cuerpo como una droga. Trago otro puñado y ya empiezo a sentir que quiere contarme. Me arrastra. El negro absoluto empieza a iluminarse y se arman sombras nuevas. Me acerco y veo mejor, hay dos pibes chiquitos. Se persiguen, se empujan, juegan carreras. Escucharlos es un alivio enorme. ¡Escondidas!, propone el mayor, que empieza a contar apoyándose en una pared que no había visto hasta ahora. Como si ese muro fuera la espalda de una persona, ni bien lo toca alguien grita desde adentro. Los dos se sobresaltan. El chiquito se protege aferrándose a las piernas del mayor. La pared está llena de manchones de humedad, tiene una puerta en el centro y ninguna ventana. Trato de escuchar, pero los pibes me ven llegar y se quedan quietos, ya no juegan escondidas ni vuelven a perseguirse como dos cachorros. Tienen, en ese par de ojos tan parecidos a los de la Tina, tanto miedo como yo.

—¡Papi! —dice el chiquito y busca la oreja del mayor ahuecando la mano para soplarle algo al oído. Su cara se enciende por las palabras de su hermano como si lo estuvieran volviendo a la vida, hasta que la voz del hombre grita de nuevo y nos aturde a los tres. No hay hueco, ventana o cerradura que me permita espiar de dónde viene esa voz terrible. Los dos pibes se abrazan protegiéndose del peligro de esas oleadas de furia que rompen la poca luz de mi sueño. Las formas se van fundiendo y los hijos de la Tina regresan hacia donde vinieron, en la oscuridad casi total los veo abrir la puerta y perderse atrás de esa pared y después todo es negro, aunque todavía escuche al hombre gritar, ya no regresan.

Abro los ojos y antes de anunciarle a la Tina que sus hijos están vivos, sigo disfrutando del gusto y el peso de la tierra. Con la lengua busco sus restos adentro de mi boca para saborearla un rato más.

¿Cómo voy a ser ahora que volví a probar el cuerpo amado de la tierra?

38

La Tina putea y llora cuando le cuento cómo es la casa en donde están sus hijitos.

—Se los llevó el padre a su pueblo y como no tienen documentos de Argentina, no lo puedo denunciar. Estoy juntando dinero. Cuando tenga el necesario, los voy a ir a buscar.

Me quedo callada porque su tristeza me alcanza.

Se seca las lágrimas, junta las últimas fotos que quedaron por acá y las lleva a la cocina. Al rato vuelve con la cara lavada y un vaso de agua fresca para mí.

No hay palabras con las que pueda consolarla. Estoy con ella y ella conmigo, nos acompañamos. Sé que puedo poco: ver y contar, pero ahí se me acaba todo.

—Quedate tranquila, muchacha. Yo imaginaba que se los había llevado él. Con José no pudo porque es grande o porque hay algo de ese hijo que nunca le gustó. Pero yo no estoy sola, Liz y las otras muchachas me están ayudando.

Vamos juntando fuerza para traerlos de vuelta. Todo lleva su tiempo, madura como una fruta en la rama del árbol que la alimenta. Con lo que vos viste puedo estar segura.

Nos abrazamos un rato largo. Yo lo necesito más que ella. La Tina es sabia, siente mi tristeza y me sopla:

—Cometierra, una Diosa te regaló un don porque tenés un corazón que puede cargar con él.

39

Estos días la Tina me estuvo explicando cosas que preferí ni escuchar. Ni los nombres de mis partes que mi amiga dice que tengo que ir aprendiendo. Sin perder del todo la paciencia, ella me repite: De este cuerpo nacimos todas, Miseria.

Pero yo quiero que esto se termine de una vez. Despertarme una mañana y que el bebé esté al lado mío y listo. De lo que la Tina me repite solo registro algunas cosas. Mi preferida es: Al dolor le podés hacer trampa, Miseria.

Pero cuando el dolor llega, no tengo ni idea de cómo trampearlo.

El Walter ya se fue a trabajar y yo, sola en la pieza, acomodo la ropa limpia que recién descolgué. Al abrir un cajón me da un pinchazo en la espalda. La pila cae al piso y me quedo quieta, esperando que el dolor se vaya. El pinchazo no afloja, me empieza a caminar por la columna aplastándome las vértebras y después siento la temida panza poniéndose dura. Espero que afloje un poco, pero es como si una faca se me clavara en la parte de atrás de la cintura. Como puedo salgo para la cocina a recuperar el celu y llamar a la Tina justo cuando Cometierra y la perra entran a la casa. Le voy a contar, pero en un segundo la bombacha y el pantalón se me mojan con un líquido que echa olor a lavandina al bajar desde mis piernas hasta el piso. La perra me huele, da unos pasos hacia mí con la cola metida entre las patas y sin llegar a tocarme, se me echa adelante. Me parece que yo le doy lástima y me asusto. Nerviosa, casi temblando, Cometierra saca su teléfono y llama a la Tina y a su hermano. Con todo esto me olvidé la pava en el fuego y nos empieza a alcanzar un olor fuerte a metal quemado. Ella apaga la hornalla y yo me siento despacio en la cocina. Con un trapo viejo, Cometierra saca la pava y la mete abajo del chorro del agua fría y se pone a frotarla con una esponja de metal como si fuera lo más importante del mundo. Tiene miedo, quiere ocupar el tiempo en cualquier gilada mientras llega alguno de los dos. Y yo necesito pensar en otra cosa, imaginarme la cara de un bebé que es una parte mía pero también del Walter, una parte de Cometierra, de mi mamá viva y de la suya muerta. El bebé de todos nosotros está llegando y no quiero recibirlo con miedo.

La Tina es la primera en venir. Llega mucho antes que el Walter. Vamos tranquilas a tu pieza. Dice como si ya hubiera hecho esto millones de veces y ni bien se mete en la pieza, se pone a acomodar en la cama algunas cosas que trajo. Vení Miseria. Entrá. No tengas miedo. Sacate el pantalón y la bombacha. Libre de ropa, miro mi panza que fue cambiando hasta llegar a su forma nueva. ¿Te querés dar un baño? Pregunta mi amiga y yo le contesto que no mientras me pongo encima una remera re grande del Walter porque es lo único que no me aprieta, pero sobre todo porque el olor del Walter es un escudo que nos protege a mi hijo y a mí. Cuando estoy lista, me pide que elija el lado de la cama que me resulte más cómodo: Apoyá la espalda y deslizate para abajo hasta quedar con la cola apenas en el aire. Trato de hacer todo tal cual, pero por el miedo me muevo despacio, lo menos posible, entonces ella me ayuda: Así, ¿ves? La espalda bien pegada al borde de la cama y las piernas en cuclillas, abiertas pero sosteniéndote derecha. Los brazos al costado, bien tomados del colchón. No sé por qué me explica todo: Te juro que no voy a volver a hacer esto nunca más.

Todas decimos lo mismo. Vas a ver que cuando el bebé salga, te va a gustar.

De su bolso, saca una tela verde, gruesa como un toallón: Esta es la tela prometida. Acá te vas a apoyar con tu bebé cuando todo termine. Apenas la Tina logra acomodarme, el dolor vuelve tan fuerte que casi me desarmo. Pero ella pide que me concentre: Es tu fuerza, Miseria, solo tenés que aprender a ponerla acá.

Cuando entran Cometierra y el Walter ni ella ni yo le damos bola y la Tina los manda a lavarse con el jabón blanco de la ropa. Es verdad lo que me decía, ahí está la fuerza y aunque yo no me dé cuenta, esa fuerza trabaja lo mismo. Bien adentro es donde duele, agarrado a mi espalda algo me tira de las vértebras para atrás como si me las fuera a arrancar. Si pienso solo en mi fuerza, así como viene una ola de sufrimiento, al rato empieza a irse.

El Walter me agarra y me deja apretarlo en cada nuevo pujo. Hay veces que grito. No me doy cuenta cuando la voz me sale transformada desde la garganta hasta la boca. Una fuerza naciendo necesita de una nueva voz, aunque sea en gritos. ¿Los bebés no hacen lo mismo? ¿Gritar para despegar los pulmones? El Walter se me acerca lo más que puede. Aunque yo esté empapada de transpiración, él trata de hacerme sentir que está conmigo. Pero la Tina, enseguida, vuelve a recordarme: No en tu garganta ni en tus puños, Miseria, acá tiene que estar esa fuerza. Tenés que ponerla abajo y empujar acompañándola. Cuando me siento al límite, el dolor empieza a hacerse más chiquito hasta que vuelve a llegar el momento de descansar. Si yo me olvido, la Tina está ahí para hacérmelo recordar: No tenés que empujar todo el tiempo. Es fuerza y descanso. Cuando la contracción pasa tenés que aflojarte así tu guagua respira bien. Escuchá a tu cuerpo, aprendé de él. Solo ahí Cometierra se anima a acercarse y me seca la transpiración. Mientras la Tina palpa cómo el bebé va bajando y abriéndose su camino. Todo con una sonrisa, como si acompañarme en esto de que salga mi hijo fuese lo que más le gusta en el mundo: Tenés que aflojarte para que él también descanse y el aire le llegue bien.

Nos miramos. Hace horas que estar desnuda con ellas no me da vergüenza. Y cuando la Tina termina de hacerme aflojar, me repite de nuevo: Cuando sientas salir el bebé, te va a gustar. Y como yo no le contesto, insiste: No te asustes, Miseria. También el dolor sabe hacer sus cosas. Tenés que confiar.

Un rato después es tan grande que me vienen ganas de llorar. Pienso que no voy a poder soportarlo. Sáquenme al bebé de una y escucho la voz de la Tina como si fuera la de mi mamá: Vamos, Miseria... ¡Poné la fuerza acá abajo que nace ahora! Con lo que me queda de aire, espero a que las puntadas vuelvan a endurecerme la panza para empezar a empujar. Solo pienso en la fuerza llegando a mis músculos, como si estuviera trayendo toda mi sangre. Siento un calambre que empuja sacando no solo al cuerpo de mi hijo, sino hasta la última burbuja de aire de mis pulmones, pero en vez de echarlo por la nariz, me sale en pujos desde la panza. Ahí está la cabeza. Anuncia la Tina. ¡Ahí salen los hombros!

Un pujo llega casi pegado al anterior, y me parece que no soy yo la que empujo ahora, es el bebé que también hace su mejor esfuerzo por salirse de mí. Quiere llegar al mundo. Quiere nacer. Enseguida puedo sentirlo, tan mojado como yo, desnudo como un sapito y lleno de pegotes, porque todo después de sus hombros pasa apenas en un segundo y de repente, estoy sentada en la tela verde, mientras todas las manos que hay en esta pieza reciben a mi bebé y lo acompañan hasta mí. Y es él. Todo arrugadito como si se hubiera dado un baño largo. ¿No es hermoso? Se emociona la Tina.

Y ahí sí lloro mientras le digo su nombre, despacito, mi boca pegada a su frente, porque él también viene a mí llorando y se lo repito dos veces, subiendo un poco la voz para que me escuche bien. Al oírme se queda tranquilo y yo le pongo mi dedo en el medio de su manito y él la cierra fuerte. Mi hijo y yo quedamos enganchados para siempre.

Y así nacemos.

40

Nunca había tenido sangre en las manos hasta esa tarde, en la que sostuve su cuerpo desnudo, mojado, con la respiración agitada como si fuera un animal asustado y el corazón que parecía que iba a explotarle, pero vivo. Después mi hermano, la Tina y yo lo acompañamos hacia Miseria construyendo una cuna de dedos para cuidarlo hasta del aire. Lo soltamos pero quedamos manchados de ese bebé para siempre y ni bien Miseria habló, supimos su nombre y lo repetimos cerca de sus orejas, tan chiquitas como las cáscaras de una fruta recién abierta.

Dicen que la magia no existe, pero en él miré a la magia de frente y después lloré.

Parte II

Parte II

41

Me levanto temprano, espío si duermen, escucho la respiración suave de los dos y esos movimientos que hace el bebé que son como seguir tomando de la teta de Miseria pero chupando al aire. Tan chiquito y ya sueña cosas lindas. Limpio de las pesadillas horribles que tengo yo. Después me voy a la cocina y si está mi hermano, compartimos un par de mates. Pero anda raro, demasiado serio. Lo vemos poco Miseria y yo y al volver a la casa todo es el bebé. Nunca algo del Walter.

—¿Cómo estás?

—Lo más bien.

No es que mi hermano haya sido nunca de hablar mucho, pero tampoco es así de seco.

—¿Va todo bien en el taller?

—Estoy preocupado por la guita.

Pobres fuimos siempre. Yo siento que hay algo más y eso no me deja tranquila. Las mañanas en las que él se va muy temprano, trato de levantarme con él. Insisto:

—Hermano, ¿todo bien?

—Igual que siempre.

La Polenta me sigue a sol y a sombra. Duerme

conmigo en el colchón y me sigue ante cualquier movimiento. Ya nos acostumbramos a salir juntas por el barrio. Amanece más temprano y anochece más tarde. Los días son largos, las noches duran menos y nosotros dormimos menos también, cortado el sueño por los llantos del bebé.

Afuera el mundo no duerme nunca.

La perra aprovecha ese primer paseo de la mañana para mear y correr por la vereda y cuando llega a la esquina, me espera para cruzar. Y yo voy mirando cada rincón de este lugar que empiezo a sentir nuestro. Me fui amigando hasta con las montañas de basura que ningún recolector se lleva del todo. Un tesoro para los cartoneros que acomodan su tetris de cajas, tela y papel, para subirlo después a sus carros.

Si llueve se estropean y ya no se los lleva nadie, pueden pasar semanas deshaciéndose en la vereda.

Pero si algo cambió desde la llegada del bebé, fueron los ojos en los carteles. Ya no me marean las caras jóvenes ni pienso que son pibas que no van a volver. Todas me parecen vivas. Así como la perra olisquea la basura y la revuelve con la trompa buscando un hueso con carne, yo miro los postes y las paradas de bondi tratando de encontrar una chispa encendida que me llegue desde el fondo de esos papeles. Ojos de fotocopias me piden que haga algo por ellos. Y cuando creo que encuentro un chispazo fresco, me acerco con el celular y le saco una foto. Vuelvo a casa y el Walter, Miseria y el Pendejo duermen en su pieza. Estamos de nuevo solas la Polenta y yo, enciendo mi celular y miro esos ojos durante horas. A veces por pensar en llamar a algún teléfono, no puedo dormir. No sé si soy yo la que busca ojos o son ellos los que me encuentran a mí. Me termino durmiendo tan tarde que al otro día no me puedo ni levantar y cuando finalmente lo logro, no llamo a nadie. Me distraigo fácil porque es lindo ver crecer al bebé colgado de las tetas de Miseria.

Pero una mañana que me levanto muy temprano con ganas de ver de nuevo a Lucas y salgo con la Polenta hacia su departamento, lo veo.

Un cartel me golpea como una piña en la cara.

42

Melody: sus pequeños rulos claros, su nariz chiquita, sus aritos de estrellas, sus ojos tan negros hacen que el resto de la fotocopia se vea clara.

Me paro, apunto el celular lo más de cerca que puedo y saco una foto. Alguien me tira de la mochila muy fuerte. Quiero zafarme y correr, pero no puedo. Apenas llego a girarme para ver a un pibe un poco más alto que yo, agarrándome. La perra le gruñe con furia.

Creo que quiere llevarme a mí y tengo ganas de llorar. La oscuridad del mundo me alcanza en un tirón firme de mochila.

¿Quién me va a buscar si yo no vuelvo nunca?

En la desesperación imagino a Miseria fotocopiando mi cara para llevarla a todos lados, al bebé muchos años más grande, levantando un cartel que pide por una tía de la que no se acuerda nada, y a mi hermano cargando con esas fotocopias que iban a ser borradas por el tiempo, perdiendo lo último que le queda de la familia que fuimos.

—¡Soltame! —grito y trato de zafarme en un movimiento brusco. La Polenta gruñe—. ¡Soltame!

Puedo verlo. Así como es, flaco y sin músculos, el pibe tiene tanta fuerza que me asusta. La
perra le muerde el pantalón y se queda prendida
con los dientes. Pasan autos y colectivos cargados
de gente, pero nadie se acerca a ayudarme. Me
parece que el pibe no me va a soltar nunca.

—¿Qué querés? —digo volviendo a girar para
acordarme bien del tipo que me está llevando.
Quiero grabármelo en la cabeza pero en vez de
meterme a una camioneta con la puerta abierta o
subirme a la fuerza a un auto, el flaco toma aire y
me larga:

—¿Vos qué hacés sacándole fotos a mi hermana? Pendeja, vos tenés que saber algo. ¡Decime
dónde está!

43

Cometierra y el Walter ya se fueron. El silencio en la casa me hace dar ganas de dormir un rato más, pero el bebé me mira con los ojitos brillando y sacude sus manitos. Puedo pasarme horas viéndolo. Tiene las uñas transparentes, como si fueran de papel. Lo acerco lo más que puedo para sentirle el aliento y algo también se despierta en mí. El olor de mi bebé me enciende. Tengo unas ganas terribles de besarlo hasta más allá de la carita y el cuello para seguir recorriéndolo con la nariz y la boca. Pero él se prende a una de mis tetas y empieza a chupar, agarrado como si fuera un mono. Se está poniendo gordo y me parece casi imposible que mi cuerpo pueda rellenarlo tanto. Ya no es el bebé, es el Pendejo como le dicen todos. No para de crecer y cada día está más fuerte. Menos las tetas, yo estoy más flaca que nunca.

Nuestras mañanas juntos empiezan siempre igual. Chupa un buen rato y a mí se me seca la garganta. Afuera no hay quién me pase un mate o un vaso con agua, así que ni bien termina salgo corriendo a la canilla de la cocina.

Cuando mi hijo empieza a jugar con la teta

como si fuera un chupete, lo saco para ir a buscar el celular que dejé cargando cerca de la cama y llamo al Walter. El teléfono suena cinco veces pero él no me atiende. Le escribo un mensaje: ¿Hoy paran un rato para almorzar? Pero lo borro antes de enviarlo. Miro la cabecita ovalada de nuestro bebé y escribo otro: ¿Podés venir a comer con nosotros? Esta vez sí lo mando. No le digo cuándo, le doy todo el día para que se escape para pasar ese tiempo los tres juntos. Mientras tanto no tengo idea de lo que vamos a hacer. Quiero sacarle el pañal y darle un baño, hacerlo jugar con el agua sin que tome frío, pero cada vez que intento meterlo en la ducha grita como loco. Además todavía no se sienta solo. Siempre lo termino secando antes de terminar. Y tengo que darle la teta de nuevo, sin secarlo ni vestirlo porque recién ahí se calma. Si el Walter estuviera con nosotros, todo sería distinto. Hoy vamos a dar una vuelta. Me gustaría que estuviera la Polenta para que juguemos un poco los tres, pero Cometierra se la llevó bien temprano. Somos, como siempre, el bebé y yo. Salimos y me parece que nunca estuve más sola ni encerrada. Caminamos un rato largo, buscando el sol para mí y para el bebé y ahí lo veo: un pasacalle de lado a lado de la cuadra que da a la General Paz: Magia negra. Se hacen amarres y trabajos para el amor. Madame Reina de la Noche y un número de teléfono.

Un huevo roto y negro vuelve a mí, pero esta

vez no me asusta. Aprieto al bebé contra mi pecho y siento que es la hora de pegar la vuelta. Cuando llegamos a la casa, él y yo estamos igual de cansados y nos tiramos juntos a dormir la siesta aunque la cama haya quedado hecha un quilombo. Nos despertamos un par de horas después porque llama la Tina. Los chinos no están y ella pone el altavoz mientras trabaja así podemos hablar por horas. Al bebé también le gusta escucharle la voz y yo aprendí a ponérmelo en la teta y sostenerlo con una sola mano, el celu en la otra.

Son las siete y ya se encendieron las luces de la calle. El Walter no contestó nunca. Ni siquiera sé si leyó mi mensaje o no, porque sin decirme nada sacó el doble tilde azul de su wasap.

44

—Soltame y te cuento.

—No, vos sabés algo de mi hermana. Primero me explicás y después te suelto.

—Yo así no puedo —contesto y dejo de forcejear.

—Está bien, te suelto. Pero vos sacame este animal de encima o le doy una patada.

—Vení, Polenta, soltalo.

Quiero inventar cualquier excusa, pero no se me ocurre nada, y el flaco parece enojarse cada vez más.

—Ese cartel lo pegué yo. Contestá. ¿De dónde la conocés a la Melody?

—No la conozco, solo quería ver si podía ayudar a encontrarla.

Decir la verdad es muy difícil. Sobre todo si esa verdad es explicar lo que yo hago. Pero del susto de que no me deje ir, me olvido de la mochila, de la Polenta y también de él, para empezar a hablar de la tierra. Me voy entusiasmando cada vez más al contar, paso a paso, todo lo que me atraviesa el cuerpo cada vez que me meto tierra en la boca. Me acuerdo de las botellas al destaparlas y oler la tierra de nuevo, como si siempre fuera una primera vez para ella y para mí.

El flaco se quedó congelado.

—Si me creés o no, no me importa. Me pediste que te diga lo que estaba haciendo con la foto de tu hermana y te lo cuento. Me pareció que ella está viva.

—Por supuesto que la Melody está viva —contesta el pibe sin pensar.

Se queda callado y yo creo sentir que por primera vez se le cruza la idea de que Melody esté muerta. Vuelve a enojarse y dice:

—Si pensabas llamar al teléfono, venís ahora conmigo y yo te busco tierra de la Melody.

—Dejame en paz. ¿Mirá si me voy a ir con un tipo que conocí recién?

Por querer ayudar a una chica me metí en un quilombo tremendo. No voy a poder escaparme de eso nunca.

—Mirá. Vos dijiste que viendo a la Melody te dieron ganas de ayudarla. Yo te ayudo a vos y terminamos rápido.

Lo miro a la cara y sé que me habla desde su corazón:

—En algo estamos de acuerdo: mi hermana por ahora está viva. ¿La vas a dejar morir?

45

Llamo a Lucas y le digo que le voy a llevar a la Polenta más tarde. Se nota que tenía ganas de vernos y me duele mucho tener que cancelar.

—Ahora no voy a poder. Te escribo después.
—Busco sacármelo de la cabeza. Toca concentrarme en Melody.

Guardo el teléfono en la mochila y arrancamos con la perra y el flaco hacia su casa. Las calles están llenas de autos, así que trato de que la Polenta no se aleje. Un par de cuadras después, lo saco a ver si Lucas me escribió algo, pero no. Leyó el mensaje y me clavó el visto. Seguimos caminando por una zona de edificios viejos y grises en donde casi no hay árboles. Cuando aparece alguno, la Polenta aprovecha para olisquearlo y mear. Los pibitos juegan al fútbol contra paredes grafiteadas.

En un semáforo vuelvo a mirar el celu, pero no hay nada nuevo. En vez de guardarlo, se me ocurre mostrarle al hermano de Melody las imágenes de las otras chicas que fui guardando este último mes.

—Faaaah... ¿A todas esas pibas ayudaste?

No puedo decirle que todavía no me animé a llamar a ninguno de los teléfonos, así que sigo en silencio, solo abro la boca para retar a la Polenta si ladra a otro perro. El que habla es el pibe:

—Me llamo Alex y hace años vivo con papá, mi abuela y la Melo. Ella nació acá.

—¿Y hace cuánto que falta?

—Desde el domingo. Se fue a jugar un partido de fútbol con las amigas. Ellas la vieron irse de la cancha pero a casa no volvió.

El pibe y yo nos quedamos callados. Solo la Polenta va feliz. Nada le gusta más que andar vagueando por la calle. Caminamos tanto que empiezo a darme cuenta de que para este lado nunca vine. Si Melody desapareció por esta zona, ¿por qué Alex se va tan lejos a pegar los carteles? Miro hacia los postes y no veo ninguna de sus fotos.

Llegamos a una avenida ancha. En esta parte también hay algunos locales pero parece que hubieran sido abandonados hace mil años. Los únicos que funcionan son kioscos que la gente pone en sus casas, o en la planta baja de los edificios, aprovechando una ventana a la calle. Cruzamos una verdulería armada en un garaje. Un cartel de Hay Bebidas Alcohólicas está pegado en la heladera que se asoma entre los cajones de fruta. También una caja con alfajores y maní con chocolate. La panza me hace ruido pero me parece que así está bien, que es mejor tenerla vacía para recibir tierra.

Alex me dice estamos por llegar y recién ahí me animo a preguntarle:

—¿Por qué pegabas los carteles de Melody solo cerca de la estación?

—Pegué carteles de Melody por todos lados, pero así como los pegaba, alguien los iba arrancando. Por eso me enojé tanto cuando te vi haciendo lo mismo.

Miro hacia los postes de la luz y tampoco ahora veo carteles de ella ni de ninguna otra chica. Solo hay un afiche que dice: Madame, magia negra. Se hacen amarres y trabajos y un ojo abierto de color celeste.

—Por esta parte pegué cientos y los sacaron, cerca de Rivadavia duran más. —Alex me mira y agrega—: Además así te encontré a vos.

La Polenta trae un pedazo de pan y lo lleva en la boca como si fuera un tesoro. Las cuadras se hacen cada vez más solitarias.

Paramos frente a un portón oxidado que más que una entrada parece un santuario: una foto de Melody en tamaño natural está rodeada por decenas de fotocopias en donde la piba sonríe junto a sus amigas, juega al fútbol, posa con lentes de sol o se abraza a su hermano. Todas las imágenes fueron recortadas y pegadas una al lado de la otra, a veces superponiéndose en un collage amoroso que le enseña al mundo cuánto la extrañan. Dice: Buscamos a Melody en letras rojas y cuando Alex mete la llave y abre, entramos a una casa antigua que no tiene plantas. El pasto crece salvaje al borde del patio abandonado por todos, menos por una parra que debe tener como cien años. La abuela sale a recibirnos, pero ni Alex ni yo le explicamos lo que voy a hacer. Ella tampoco pregunta. Les digo a los dos que necesito que me dejen un rato sola y Alex se lleva a su abuela con dulzura:

—Ella vino a ayudarnos.

Me agacho para tocar la tierra y la encuentro demasiado dura como para hundirle los dedos. Parece que hace mil años nadie la regara. Sabe que Melody está faltando y se fue secando hasta quebrarse y ser tierra triste, desesperada como el resto de su familia.

Le apoyo las manos y le suplico que me permita ver y me deja ir quebrando pedazos suyos como si fueran piezas de un rompecabezas solo para mi boca. Voy arrancándolos para llevármelos a la lengua y devolverles un poco de su humedad. Hago un esfuerzo para empezar a tragarlos, uno atrás del otro. Raspan. La lengua se me va llenado de saliva y yo busco ablandarlos un poco antes de bajarlos por la garganta porque me lastiman, esa porción de agua la convierte en tierra viva para empezar a contar.

Cuando siento mi panza llena, cierro los ojos y Melody está ahí. Descansa sobre sábanas blancas en una habitación de ventanas vidriadas. Ninguna está abierta y la falta de aire me marea. Me acerco a ella y veo el vendaje que aprieta su cabeza sobre la almohada. Hasta adentro de la visión vuelvo a sorprenderme. ¿Otra vez un hospital?

Recorro el cuerpo de Melody buscando una respuesta pero no encuentro nada más que un pequeño tatuaje sobre su hombro izquierdo. Un ojo muy chiquito que no tiene párpados ni pestañas me mira desde su piel.

A los costados de su cama, descansan otros pacientes y una enfermera de pie controla uno por uno. Les toma la temperatura, la presión, les abre la boca y espía el fondo de sus gargantas con un bajalenguas de madera.

Camino apoyada en la pared, avanzando por este laberinto, esquivando enfermos y puertas, hasta que llego a un cartel muy grande. Me voy acercando despacio, en el medio de una sala de estar llena de gente. Nunca puedo leer en mis sueños y esta vez tampoco. Las letras laten como un corazón asustado queriendo separarse del fondo. Antes de que salten y pierdan su lugar, saco rápido mi celular y les tomo una foto.

Una enfermera viene hacia mí con una silla de ruedas. Si no me corro me va a atropellar. Quiero, con todas mis fuerzas, abrir los ojos para escaparme mientras que la enfermera me obliga a sentarme. Ni bien apoyo mi cuerpo, lo pierdo. Ya no puedo pararme ni andar y la mujer encara hacia la salida de una. Busca echarme del hospital. Quiero despertar pero me pesan los ojos. Frenamos. No tengo ni idea en dónde estoy. Siento unos dedos huesudos meterse adentro de mi boca hasta que me da una arcada. La lengua me pica como si me hubieran hecho tomar un remedio horrible. Cierro los ojos porque el cansancio me gana.

Mirar al mundo de frente es más duro que hacerlo desde adentro de una visión. Afuera de mis sueños no hay quien me guíe. Me reciben la cara asustada de Alex y la voz amable de su abuela preguntando si pude ver algo. Ya no estoy en el patio de su casa sino acostada en una pieza, mis brazos y mis piernas perdieron su fuerza.

46

No es nada, Miseria. Estuve trabajando tanto tiempo que ni siquiera miré el celular. El Walter entra a la pieza con cara de que lo atropelló un auto. Hace media hora que el bebé se me durmió encima y no quiero que su voz le corte el sueño, así que me muevo despacito, giro hasta dejarlo apoyado sobre las sábanas y salgo reptando del colchón. Le hago una seña al Walter y nos vamos los dos para la cocina: Te escribí re temprano y nunca me contestaste.

El Walter lleva un paquete de papas fritas gigante: Estoy fundido. ¿Ahora tenemos que hablar? Al principio estoy tan enojada que come solo, pero después me sumo hasta que el paquete de papas fritas se va acabando. Al menos podrías haberme contestado No puedo. Ahí aprovecha y me vuelve a decir: No es nada, Miseria. Tuve tanto trabajo que ni siquiera miré el celular. Pero a mí eso no me alcanza. Busco la caja de fósforos y enciendo la hornalla. Saco un par de hamburguesas y las pongo sobre la plancha que ya empezó a calentarse: No podés estar todo el día sin enterarte en qué andamos nosotros dos. El bebé está creciendo y te lo perdés. No estás nunca y cuando llegás a la noche, te vas de una a dormir. Me contesta, pero yo ya ni lo escucho. Voy hasta la pieza para mirar al bebé. Le doy un beso en una piernita y se despereza estirando los brazos para atrás. Después se acomoda hecho un bollito para seguir durmiendo. Vuelvo a la cocina y el Walter ni se movió. Parece un fantasma. Se nota que en realidad está pensando en otra cosa.

Mañana si te mando un mensaje, espero que me lo contestes. Corto dos pedazos de queso y los pongo arriba de cada hamburguesa para que se derritan. Espero unos minutos y las sirvo en el mismo plato. Le doy un juego de cubiertos al Walter y agarro un tenedor para mí. Parto un pedacito de hamburguesa y me lo llevo a la boca. Mastico mi bronca. Estuve trabajando todo el día, no es que no quise venir. El Walter busca acariciarme la rodilla y saco mi pierna. Me cuesta explicarle cuánto me duele que esté así de borrado. Mi viejo se esfumó cuando yo era una bebé y no quiero que a mi hijo le pase lo mismo. Hace que una tristeza finita como una espina de pescado se te clave bien adentro y te duela para siempre. Cuando terminamos de comer volvemos a la pieza y yo aprovecho que el Walter mira al bebé. Necesito darme una ducha rápida. Abro las canillas y el vapor llena de gotitas los azulejos, me saco la ropa. La ducha caliente me va aflojando el malhumor. Respiro sintiendo el perfume del jabón y me demoro todo lo que quiero. Después destapo el shampoo. Cuando me canso me enjuago la espuma en el pelo. Me envuelvo con una toalla y voy para la pieza dejando huellas de agua. En vez de cuidar al bebé o tirarse a dormir al lado suyo, el Walter está embrujado con la pantalla del celular. Le pregunto si se va a bañar y me dice que no, que está muy cansado, que mejor mañana a la mañana. Ni siquiera me mira. Pero yo sí me lo quedo viendo: el pelo, la cara de costado, sus ojos que apuntan al teléfono, las manos que lo sostienen, el cable que va desde el celular hasta el enchufe en la pared. Tarda un rato en girar la cabeza y cuando me ve, baja los ojos. Apaga la luz y se acuesta sin decir nada. A mí también se me fue toda la fuerza. Me tapo con las sábanas y siento el perfume del shampoo mezclarse con el olorcito de mi bebé. Cierro los ojos pero sigo despierta. El Walter me está mintiendo y no sé por qué.

47

—Melody está viva.

Los dos se abrazan y la abuela llora lágrimas felices sobre el hombro de su nieto.

—¿Dónde está? —pregunta Alex.

—En un hospital que no conozco. Pude verla en su habitación, con los ojos cerrados.

Saco mi celu y busco la última foto. Leo en voz alta: Cooperadora del Hospital Piñeiro.

Alex busca en su teléfono la dirección del hospital y ni bien la encuentra, se levanta y va hacia la puerta.

—Me duele el estómago. Necesito comer algo.

La abuela trae un platito con uvas recién lavadas. Me hacen bien.

El padre de Melody entra justo en ese momento. Alex le dice que su hija está viva, que tienen que ir a buscarla ya mismo y yo puedo verle los mismos ojos de Melody rodeados por arrugas, ojeras y cansancio. Termino de comer y me levanto despacio de la cama. La Polenta me sigue hasta la puerta donde Alex me abraza.

Dice que quieren acompañarme, pero no tienen auto.

—No se preocupen. Me vuelvo con la perra.

En un pedazo de papel escribo mi número. Ni siquiera hace falta que le diga que me avise de Melody.

Alex me agradece y se despide de nosotras:

—La encontramos y te cuento.

Me gusta tanto ayudar a encontrar a una chica viva que me dan unas ganas enormes de seguir con la tierra de todas, aunque se me vaya el cuerpo y el corazón en esto. Me cruzo dos anuncios de chicas desaparecidas y ya no les saco fotos, los despego con cuidado, los doblo sin que se rompan y me los guardo en el bolsillo.

Cuando llegamos a casa encuentro a Miseria con el bebé a upa. Está tan enojada que ni siquiera me pregunta de dónde venimos.

—Miseria, vengo de comer tierra. Estuve todo el día tratando de encontrar a una chica y estoy agotada.

Ella se me acerca. Tengo miedo de que empiece con lo de Acá tu don es oro, pero solo abre los brazos para envolverme tan fuerte que me despabila. El Pendejo queda en el medio, hecho el relleno de un sándwich de amor entre nosotras dos.

Miseria me ayuda a traer el colchón y armar mi cama. Cuando me acuesto, me da un beso y me dice al oído:

—Descansá y mañana hablamos.

48

Yo sabía que Ana iba a venir. Ni bien cierro los ojos, la escucho.

—Dijiste que no ibas a comer tierra nunca más.

Ahora soy yo la que está enojada con Ana. ¿No puede venir calmada aunque sea por una noche?

—Sí, Ana, quiero comer tierra. Probé y me volvió a gustar.

Se ve que no esperaba esa respuesta porque se queda callada. Algo en su cara se despierta.

—Era eso lo que quería escucharte decir. Descansá. Mañana te vengo a buscar.

Su voz suena dulce por primera vez en mucho tiempo.

Después la seño Ana se acerca y me acaricia la frente en silencio durante un rato largo y al final me da un beso hermoso, como si fuera una bendición, y sale de mi sueño.

49

Me siento en su colchón sin hacer ruido pero parece que Cometierra nos escuchase respirar. Se despierta enseguida y le pregunto: ¿Salimos a pasear?

No contesta. Me estira los brazos para que le pase al Pendejo. Trata de sentarlo en el piso y le pone su almohada para que no se caiga. Vos y yo teníamos algo para hablar. Se levanta con el bebé a upa y dice: Qué pesados que están. El Pendejo se ríe con unas carcajadas cortitas, que no le habíamos escuchado nunca, como si fuera un hipo re fuerte y ella me lo devuelve para ir al baño a prepararse, y yo agarro mi mochila y pongo un pañal y una mudita de ropa. Abro la puerta y le repito: Cuando quieras podemos hablar, pero Cometierra sale sin darme bola. Es mediodía, caminamos juntas esquivando a la gente que se amontona en los puestos de comida. En uno compramos dos porciones de un budín de naranja y un vaso grande de limonada. Tengo plata en la mochila, así que para sacarla vuelvo a pasarle al bebé. A ver este Pendejo gordo, venga con la tía. Me da risa que haga una voz distinta para hablarle.

Esquivamos la esquina del local, ni quiero mirar para la puerta. Yo ahí no vuelvo. Lo único que extraño es charlar con la Tina. La cuadra siguiente es un mundo de gente y cuando estamos llegando a la avenida, le digo: Vayamos del otro lado a ver qué onda. ¿Conocés alguna plaza para tirarnos en el pasto? No, ni idea. Me dice que algo anduvo por ahí, que yendo para provincia hay un cementerio. Yo le hago mala cara y le saco al Pendejo de los brazos. Ahí no, sigamos derecho a ver qué pinta. Una cuadra después de la barrera todo empieza a volverse raro. Vidrieras con santitos rubios, algunos con alas y cachetes colorados. Bebés de manto blanco y aureolas. Mujeres con telas claras y las manos juntas rezan y miran hacia el cielo esperando milagros. Un Jesús crucificado se está cubriendo de sangre detrás de un vidrio, tiene un corazón enorme atravesado de espinas y a su alrededor, pibitos alados tratando de volar. Cometierra me señala la cuadra siguiente, se llega a ver un lugar tan grande que parece un castillo. Sus paredes son re altas y están rodeadas de rejas, sus techos se estiran hacia el cielo terminando en una cruz. Hace mucho tiempo, mi mamá me habló de esta iglesia y de este santo. Su imagen es tan hermosa que corta la respiración. Más adelante hay una puerta mucho más chica y está abierta. Me entusiasmo por entrar y ver al santo, pero Cometierra se planta en la vereda. Le insisto: Este es bueno, entremos. Pero ella no se mueve: No me gusta este lugar. No entres. Tranquila, Cometierra. Lo vi millones de veces. San Cayetano. No te hace falta ni el pan ni el trabajo. Quiero mirar en directo la cara que vi mil veces en estampitas. Me meto a la iglesia con el Pendejo a upa. Apenas me asomo, una mujer se me acerca. ¿Viniste por la bolsa de trabajo? Le contesto que no tratando de sacármela de encima para poder ver hacia el Santo. Las columnas y paredes son del blanco más perfecto que vi en mi vida y todas terminan en angelitos voladores. Adelante, bien arriba, hay una cruz de madera. ¿Buscas el servicio social? Me fastidio y repito que no, que solo quiero conocer al San Cayetano. Vestido de blanco como toda la iglesia, con el niño que parece una nena con cara de buena envuelto en una tela celeste, tiene el pelo tan dorado como el trigo con que lo adornan. A mi mamá le va a encantar cuando le cuente que conocí al San Cayetano de verdad. El Jesús bebé tiene los ojos azules igual que los ángeles. ¿Viniste a bautizarlo? Dice la vieja que se me pegó como una mosca. Es para que se le borre el pecado original, el primer pecado que tenemos todos. Si no lo bautizaste, tu bebé todavía está manchado. Esta tipa está loca. ¿Qué pecado puede tener un Pendejo chiquito como el mío? Ya no le respondo. Veo atrás suyo una pila de volantes: Buscadas. Saco algunos y me los guardo en el bolsillo. Doy media vuelta y enfilo hacia la calle.

En vez de esperarme en la vereda, Cometierra cruzó hacia las vidrieras de enfrente. Mira unas diosas de pelo largo y negro que salen de unos caracoles gigantes. Tienen unas tetas tremendas y sus vestidos les marcan el cuerpo como si fueran cantantes de cumbia. Seguimos avanzando los tres juntos hasta que Cometierra se frena en otro local. Diosas morochas naciendo del agua con los brazos abiertos parecen llamarnos y el vendedor aprovecha y se nos viene encima: Pasen, Acá las diosas y los santos lo saben todo. El bebé vuelve a hacer esas carcajadas cortas que contagian hasta al santero. ¿Y ese quién es?, pregunto señalando un santo negro y musculoso, ropas rojas y adornos dorados. Xango: Tiene armas en los brazos. Era un guerrero muy poderoso que por error destruyó su casa y también a su esposa y a sus hijos. La amaba tanto que por ese dolor se convirtió en orisha de la justicia, el rayo y el trueno. ¿Y ese otro? Señalo una estatuilla toda negra con un hombre tan musculoso como el anterior, con dos hachas en las manos y collares blancos y dorados tan largos que le llegan hasta el cinturón. Parece que estuviera por dar un salto hacia nosotros. Ese es Pae Xango, el Dios de los volcanes. Es hijo del anterior, que tuvo tres esposas y mucha descendencia. Qué cago de risa estos santos que besan de lengua, luchan, matan y embarazan mujeres. El vendedor parece adivinar mis pensamientos: Entre los dioses yorubas también existe la maldad, si querés vamos atrás de esa cortina y te los muestro. Le agradezco negando con la cabeza. El Pendejo estira las manos hacia unos collares de colores que cuelgan formando una cortina brillante y el vendedor pone cara de espanto. Vamos, le pido a Cometierra que al fin reacciona: Al menos compremos unas velas para cuando se corta la luz.

Caminamos ya casi sin esperanzas de encontrar una plaza. La alcanzo, está parada adelante de un poste re grande que tiene un cartel fotocopiado. Nos acercamos y el Pendejo estira las manitos hacia la chica: Marylin, 16 años, su familia la busca. ¿Qué le habrá pasado? Cometierra despega el cartel con cuidado. El peso me está matando. Mejor volvamos y comemos en mi pieza. Además el Pendejo ya va a querer la teta. Caminamos para la casa. Una cuadra más allá hay un cartel de Marylin tirado en el piso. Es la misma fotocopia, pero ella se la queda mirando igual. Me paro adelante para pasarle al Pendejo y me meto las manos en los bolsillos. Saco los volantes y se los muestro: Vemos varias caras de pibas, algunas tan chicas como Marylin. Todas faltan. Le digo: Te los guardé. Ella me cambia de tema diciendo que vamos a tener que apurarnos a ver si el Pendejo llora. Cometierra, acá desaparece gente todo el tiempo. Acá, tu don es oro. Te quiero proponer algo y vas a tener que escucharme.

50

El Pendejo está enorme. No solo creció y se sienta solo, también aprendió a apoyar las manos y ponerse en cuatro patas para balancearse hacia delante y atrás. En cualquier momento se larga a gatear y la casa no está lista para él. Miseria y mi hermano casi nunca barren y dejan todo tirado.

—Che, Miseria. Hay que fijarse que el Pendejo no vaya a tocar el enchufe de atrás de la puerta.

Miseria no me responde pero la Tina dice que sí, que es un peligro y que ya se lo dijo varias veces.

El Pendejo nos escucha y se pone contento, se balancea más fuerte porque sabe que hablamos de él y tratar de avanzar por el suelo, se vuelve a sentar y hace unos ruiditos con la boca como si quisiera hablar con nosotras.

Lo levanto y lo llevo a la pileta de la cocina para lavarle las manos. Nos demoramos un rato largo porque mientras lo limpio, le hago burbujas con un poco de agua y detergente. Cuando volvemos, la Tina tiene la cara roja, como si hubiera estado llorando y Miseria está callada frente a ella. Nos acercamos a la mesa y le paso el Pendejo y antes de sentarme yo también, le doy un beso en la cabeza. Su pelito tiene ahora un perfume nuevo. Es el shampoo que la Tina le compró y que Miseria le pone cada vez que lo baña, así va perdiendo el olor dulzón a leche de Miseria. Desde que empezaron a darle comida, crece rapidísimo.

Acerco mi silla a la mesa justo cuando la Tina empieza a darle un puré amarillo de algo que no sé qué es y pregunto:

—¿Qué come el Pendejo?

—Banana pisada con leche y cereal.

Como ninguna dice nada más, me doy cuenta de que les corté una conversación y que hay algo que no quieren contarme.

—¿Y ustedes en qué andan?

La Tina me contesta que se peleó con su hijo y que los hombres la tienen harta y Miseria se suma.

—Tu hermano lo mismo, sigue borrado y no se hace cargo de nada. Yo tampoco quiero saber nada más de los tipos —remata con un gesto tan exagerado que tengo que morderme el labio.

—¿Y eso qué es? —pregunto señalando al Pendejo y las dos me miran con una cara de bronca que asusta.

—Eso es una guagua —dice la Tina—. Pero fíjate que no estamos para chistes.

—Yo no hago chistes. El Pendejo es un hombre, o al menos va a serlo. Y no sigo discutiendo porque justo me suena el celular.

Es Alex que me cuenta de Melody. Vuelvo a la

cocina para escuchar sola y él dice que su hermana está mejor, que está fuera de peligro, que sigue en el hospital pero que van a darle el alta al día siguiente, que no se acuerda nada de lo que le pasó y que en el nacimiento del brazo tiene un tatuaje que antes no tenía. Pregunto qué tatuaje y Alex me contesta que uno chiquito que su hermana no tenía: un ojo celeste que parece un pez sin cola. Le digo que lo único que importa ahora es que Melody se va a recuperar.

Cuando Alex corta, vuelvo hacia la mesa y hasta el Pendejo me está clavando los ojos. Miseria es la peor.

—Ya te lo conté. Volví a comer tierra y estuvo bien. Encontramos a una chica viva.

—Encontraste —aclara con una sonrisa de oreja a oreja.

Se lo quería contar solo a Miseria y la Tina no se iba más.

—Quiero volver a comer tierra para otros, pero de a poco.

—Acá no vas a poder —advierte Miseria enseguida, como si ya lo viniera pensando—. Y eso es lo que quería proponerte: Vamos a buscar un buen local que quede cerca de la estación.

—Qué buena noticia, muchachas —se entusiasma la Tina.

—Hay que hacer unos volantes que digan COMETIERRA Vidente, la mejor buscadora del mundo.

La Tina estalla de risa.

—¡Miseria! ¿No te parece que se te está yendo un poco la mano?

—No —contesta ella y alza al Pendejo, que no quiere comer más—. ¿Y cuánto vas a cobrar?

—No sé, Miseria. Solo quiero volver a la tierra, lo demás no me importa tanto.

Pero ella no para de hablar… me hace mil preguntas y aunque trate de no escucharla, en la última no puedo quedarme callada:

—¿Hacemos un Instagram de Cometierra Vidente?

—No. ¡Ni se te ocurra hacer eso! Y por favor cortala.

Me termino la papilla del Pendejo y saco el celular para escribirle al Walter:

—Tengo que contarte algo, hermano. ¿A qué hora venís?

51

Tanto dice Cometierra que va a hablar con su hermano y al final no hace nada. Sale con la Polenta a lo del chongo nuevo y chau. Cuando el Pendejo se despierte, nos vamos para el taller. Pero me acuesto y no me puedo dormir. Intento pensar en mi papá, un tipo de espaldas, enorme, con zapatillas nuevas y una campera flamante, que toma cerveza y mira la tele. Él nunca tiene rostro. Para que la cabeza no me siga dando vueltas, hago lo que no hago nunca: levanto al Pendejo. Al principio me mira y vuelve a cerrar los ojos, pero lo sacudo y empiezo a jugar con él hasta que se despabila. Lo abrigo y salimos. Nos alejamos de Rivadavia, de la feria, de la Tina y de los locales. Cada vez hay menos autos, apenas alguno de esos colectivos que dan vuelta en mil esquinas antes de encarar para la estación. Un pasacalles que dice Reina de la Noche, Magia Negra cruza de lado a lado. Avanzamos otras dos cuadras y el viento sacude el mismo pasacalle frente a nosotros dos. ¿Qué será la magia negra? Me imagino algo que me sirva para que el Walter se quede siempre conmigo y me gusta. Pero no quiero que él esté con nosotros por trabajos o por alguna magia. Quiero que nos quiera y punto. Aprieto al Pendejo porque vamos llegando. Ya siento el mismo olor que el Walter trae todas las noches pegado en la ropa. Es el olor de las motos. En la puerta hay un pibe un poco más grande. ¿Y el Walter? Se fue a las tres. ¿Pasó algo? Vuelvo a preguntarle porque no entiendo nada. Él solo niega con la cabeza y cuando le digo que nos vamos a quedar a esperarlo, se pone pálido y susurra. No va a volver. El Walter se va todos los días a las tres de la tarde.

52

Me perdí. Para volver a casa debería haber salido para el otro lado y ahora no tengo idea de hacia dónde estamos yendo, pero igual no quiero dejar de caminar nunca. En la esquina hay una persiana enorme pintada de verde, llena de mugre y telas de araña. Arriba hay una hoja pegada que dice de nuevo Reina de la Noche. Magia negra. Abajo tiene papelitos con el número de teléfono para que cada uno saque y se lo lleve. Ya cortaron varios. Estiro la mano y arranco uno con tanta bronca que rompo un pedazo del cartel y me lo traigo al bolsillo.

Siento que voy a llorar pero aprieto la mandíbula hasta que me duelen los dientes. No quiero que mi bebé me vea triste. Mi celu vibra y lo saco sin ganas porque estoy segura de que no es el Walter. Leo un mensaje de Yose diciendo: Estamos yendo para el local nuevo y un emoji de una carita sonriente.

Con todo esto me olvidé que habíamos quedado en ir a laburar a lo de @Cometierra. Vidente todos juntos. Tengo la cabeza tan nublada que no puedo encontrar el camino. Pongo el nombre de las dos calles en el Google maps y dejo que el celular nos guíe.

No llegamos a andar ni tres cuadras cuando pasamos por debajo de un pasacalles: Practico magia negra. Cientos de ojos celestes como peces hambrientos muerden la tela alrededor del número de teléfono y nos miran.

53

Para tunear el local vino una banda de amigos de Miseria.

El celu me suena y cuando miro la pantalla, es un wasap suyo que me dice que está por llegar.

Empezamos haciendo una limpieza profunda.

Yo no me sé los nombres de todos, pero ellos saben que este lugar es para mí y les gusta ayudarme. Bombay tiene rastas oscuras y muy largas, adornadas con anillos plateados y se la pasa hablando de ropa. Es el más grande de todo el grupo y lleva puesta una camisa con dibujos de gatitos de colores y un pantalón negro. Mientras barre, Liz dice que estaría bueno que la ventana tuviera cortinas. Las chicas del pelo arcoíris se llevan un balde y una escoba vieja para baldear con agua, lavandina y detergente la escalera. Todos trabajan tan rápido y tiran tantas ideas que yo también me empiezo a entusiasmar.

Al rato llega Miseria con cara de haber visto un fantasma.

Bombay le pregunta si le pasó algo y cómo no le contesta, a mí no me da para preguntarle lo mismo. Baja al Pendejo que enseguida se pasa a cuatro patas y se pone a gatear. Cuando terminan de baldear hasta el último escalón, una de las chicas del pelo de arcoíris pega onda con él y lo pone de pie para hacerlo caminar un poquito. Lo agarra fuerte y lo alienta para ir adelantando pasito a pasito. Él le sonríe como si la conociera de toda la vida y el piso sin muebles lo ayuda a seguir adelante. Ella le dice que se llama Lula y cuando se cansa, el Pendejo le da las manitos para que lo alce. A mí me parece que Lula puede ser el nombre de un caramelo o de un chicle, pero igual me gusta que las chicas de pelo arcoíris se separen un rato así alguna me da bola a mí. Me toca la más alta, Nerina, que me cuenta que ella sabe de pintar las paredes y decorar porque a veces lo acompaña al padre que es albañil. También Liz se acerca con un paño para los vidrios y un spray.

El local queda en un primer piso por escalera y tiene un recibidor más chico en el piso de abajo, con una mesa de madera oscura que puede usar Miseria para ir atendiendo a la gente antes de que suba. Para probar la tierra necesito estar con la persona que busca y que nadie nos mire. Es una pieza rectangular, tiene una mesa vieja sin ningún adorno y una ventana que da a la calle.

Bombay dice que todo quedaría mucho mejor si elegimos la misma tela para la ventana y la mesa. Yo me imagino el mantel todo bonito de Bombay puerqueado de la tierra de las botellas que me van a traer.

Levanto los hombros y le contesto:

—Mucha plata no hay, pero capaz que alcanza.

—Sí —se entusiasma Bombay—, podemos elegir un diseño que tenga cartas, planetas o una bola de cristal. Algo que traiga buena onda y que llame un poco la atención.

Miseria y yo nos miramos de reojo. Este no tiene ni idea de lo que hago para ver. Lo primero que voy a tener que hacer cada día es volar ese mantel.

—Lo vemos al final. Ahora lo más importante es ponerse con las paredes.

Nerina dice que se ve que a este lugar no lo alquilan hace un montón porque está lleno de polvo.

Yose le contesta que a la tarde su madre va a traer romero y algunas esencias de los chinos para sahumar y lograr que quede limpio también de espíritus.

—¿La Tina? —pregunta Miseria con voz de que no se lo puede creer—. No sabía que les diera bola a esas cosas.

Yose contesta que sí, pero que lo de los espíritus lo agregó él porque le da miedo eso de andar viendo muertos y Miseria le dice por lo bajo que no sea bestia, que igual yo no hablo con los muertos, solo busco gente que anda perdida.

Mientras hablamos, Lula y Nerina trapean la mesa que dejaron abandonada los inquilinos anteriores y Bombay se lamenta:

—¿Las paredes de blanco? Tendrían que ser naranja por las energías.

Le digo a Miseria:

—Vamos a tener que comprar un par de sillas —pero parece que ni me escuchó.

Bombay y Liz se llevan toda la plata que logramos juntar y caen al rato con los productos para lijar las paredes y empezar a pintar. Aunque somos muchos, cansa y para la hora en la que llega la Tina estamos fundidos.

Miseria es la única que no le pone onda, creo que no la escuché hablar en toda la tarde y ahora que llegó la Tina le pregunta por lo bajo si sabe lo que es la magia negra.

La Tina le contesta fuerte y escuchamos todos:

—No sé lo que es la magia negra pero sí sé de cerveza negra —y saca varias birras de una bolsa.

Estamos muertos de sed. Como no hay sillas y somos una banda, tomamos sentados en el piso. Bombay de nuevo organiza una vaquita. Esta vez con mucha menos plata que antes y sale a comprar unas pizzas mientras las birras giran de mano en mano.

La Tina está contenta. Desde que llegó que no reta a su hijo ni le dice José Luis, como Miseria me contó que lo llama cuando se enoja con él. Bombay vuelve con las pizzas y cuando se sienta las pone en el medio. El Pendejo se durmió en las piernas de Lula, que come pizza con una mano y con la otra le acaricia la cabeza. Se ven tan lindos.

La Tina saca su celu y empieza a tomar fotos de todo. Nerina posa contra la pared como si fuera una diosa antigua. Después la Tina dice:

—Son para el Instagram de @Cometierra.Vidente.

A mí me vuelve el malhumor:

—¿En serio?

—No va a tener fotos tuyas. Es un Instagram del local que ni siquiera vas a atender, de eso me encargo yo.

Antes de que pueda contestarle, me cambia de tema:

—Falta poco para el cumple del Pendejo, podríamos festejarlo acá. Este local es más grande que casa.

—Acá no da, Miseria —y también la Tina niega con la cabeza—. Para el cumpleaños del Pendejo ya voy a estar atendiendo. Olvidate.

Lula ofrece su casa:

—Vivo del otro lado de la General Paz, con mamá. Festejemos ahí.

Con lo del cumple del Pendejo todo volvió a encenderse de nuevo y Miseria hace planes con Lula. No le quiero cortar el mambo pero me acerco para decirle por lo bajo:

—Mi nombre al Instagram no le ponés. Buscá otro.

54

Hoy le dejé un rato el Pendejo a Lula, mientras Neri y Yose le pasaban barniz a la mesa del local y corrí hasta las vías del tren. Sigo el camino que hicimos con el Walter una noche antes de que él naciera. Busco el bar de Madame. Quiero consultarle por el Walter y lo de la magia negra pero no encuentro ni su carpa, ni su ojo celeste ni a ella. Cuando pregunto en la barra una de las mozas me dice que nunca tuvieron una adivina y yo le insisto. Pero después viene otra que dice lo mismo. Les repito muchas veces el nombre de Madame Reina de la Noche. Terminan por reírse de mí y yo me vuelvo al local de @Cometierra.Vidente pensando que me estoy volviendo loca. Es una alegría encontrar al Pendejo caminando de la mano de Lula. Al rato cae Bombay con una sorpresa, está ayudando a redecorar un bar enorme que queda yendo para Flores y se trae dos sillas que iban a tirar. Están viejas pero todavía se la bancan. Neri se ofrece también a barnizarlas porque son de madera. Cuando volvemos a casa lo pongo al Pendejo a practicar y todavía no lo puedo creer: el Pendejo ya camina.

55

¿De dónde venís a esta hora? De trabajar, Miseria. ¿De dónde voy a venir? Walter, son las once de la noche. No está abierto el taller. ¿Te lo tengo que explicar?

Tengo al Pendejo en brazos y una piedra en el estómago. El Walter me lo pide pero no se lo doy y él tampoco le estira los bracitos como siempre. ¿Me podés decir en qué andás? A la tarde trabajo en otro lugar, Miseria. Hace tiempo que lo del taller apenas da para pagar el alquiler. Ahora sí le paso al Pendejo y no solo lo escucho hablar, lo miro bien. Carga a nuestro hijo sin ganas y está tan cansado que parece que se hubiera ido gastando. En lo que sea que anda, el Walter ni siquiera está contento. ¿Para qué, Walter? En la casa tampoco hay un peso, así que no sé de qué estás hablando. Escuchame, Miseria: Ahora tengo otro laburo hasta la noche. Empecé ahí cuando cayó mi tía. ¿Qué tía, Walter? La única que tengo, la hermana de mi viejo. Ya no sé si creerle. El Walter nos oculta cosas, no puedo saber si ahora dice la verdad o no. ¿Y cómo te encontró? ¿Vos te pensás que es tan difícil encontrarnos? El que no nos encuentra es porque no nos busca. Yo nunca cambié de teléfono. ¿Y qué quiere tu tía? Plata quiere.

Necesito un descanso. Le digo que apoye al Pendejo en el suelo y le dé una mano y me pongo re cerca y lo espero con los brazos abiertos. Camina pasito a pasito como si fuera Frankenstein. Le doy un beso y él aprovecha y nos abraza. ¿Tu tía la que los abandonó vino a verte buscando plata? No entiendo nada. No vino por nosotros. Vino porque el viejo está enfermo y necesita guita. Me quedo callada. Miro al Pendejo y me hace una sonrisa gigante. Nunca me di cuenta de cuánto se parece al Walter hasta ahora. ¿Y lo vas a ir a ver? No. Y no quiero que mi hermana se entere de que apareció. Yo también niego con la cabeza y nos miramos un poco más tranquilos. Yo no te mentí nunca, Miseria. No te quise contar porque todo esto es muy difícil. Quiero darle lo que me piden y que se vayan para siempre. ¿No quiere verlos? Ahora es él el que niega con la cabeza y dice: Plata quiere. Me río bajito. Me parece raro que alguien venga hasta nosotros justo por eso. Estoy terminando de juntarla, se la mando y se acabó. El Walter apaga la luz y nos acostamos en la cama, con la Polenta a los pies. Por primera vez en semanas, dormimos abrazados.

56

No todos los carteles del barrio tienen luces. Justo acá enfrente hay dos. Uno dice Odontología Bolivia, Urgencias toda la noche y el de al lado Urkupiña Ecografías 3D. En la puerta de abajo se junta gente toda la noche. Cuando no me puedo dormir juego a tratar de adivinar si la persona que pasa va al dentista o a hacerse una eco.

Estoy despierta hace horas y los miro llegar. Van a subir, van a abrir las piernas o la boca para que los revisen, para que alguien vea desde dónde les llega el dolor que les quita el sueño.

Y a mí, ¿desde dónde me arranca? Ninguna noche me deja descansar tranquila.

Busco el celu, son las cuatro y media de la mañana y Lucas se conectó por última vez a su wasap hace un rato. Le escribo:

—¿Puedo ir a verte? —Y lo vuelvo a guardar.

Sigo en la ventana. Las fotocopias de las chicas que faltan, en la oscuridad, ni siquiera merecen llamarse carteles, solo son papeles de la desesperación pegados en las paredes y las paradas del bondi. De noche no se ven, pero igual ahí afuera está lleno.

Ayer despegué uno y lo traje. Quiero llamar para que vengan al local trayendo tierra cuando empiece a atender. No voy a cobrarles nada aunque si se entera Miseria no le va a gustar. Ahora anda en mi jefa.

Dejo la ventana para buscar la fotocopia doblada adentro del bolsillo del pantalón: YENY, vista por última vez el 14/01 en el mercado boliviano de Liniers. Miro su cara y me parece que debe tener solo un par de años menos que yo. ¿Cómo desaparece una piba en un lugar tan lleno de gente como este?

Vuelvo a cerrar la fotocopia y a guardarla en el mismo bolsillo. Aunque me olvide, va a estar ahí y me va a acompañar todo el día. La angustia vuelve, me cuesta respirar. Anoche tuve un sueño que me cerró la garganta: otra vez mi cara en los carteles. Por eso estoy despierta.

Volví a repetirle a Miseria que no puede usar mi foto para promocionar el local de @Cometierra. Vidente.

Me muero si Lucas ve mi cara ahí. Miro el celu y leo que acaba de responderme Ok.

—¿Querés que vaya ahora?

Me estoy escapando de la angustia de los ojos fotocopiados y los números de teléfono.

Enseguida me contesta:

—Sí, pero son las cinco de la mañana, chiflada. No podés venir caminando. ¿Querés que te mande un auto?

—¡Qué cheto! ¿Cómo hacés para mandarme un auto a estas horas?

—Cosas del celular. Pasame tu dirección exacta y en un rato está ahí.

Puedo escaparme del insomnio y de los carteles, pero de la Polenta no. Ni bien me empiezo a preparar se viene atrás mío.

Vuelvo a escribirle a Lucas.

—¿Me dejarán meter a la Polenta en el auto?

—No tengo ni idea. Ya salió para allá y está pago. Pedile al conductor a ver qué onda.

Busco las llaves y guardo el celular en la mochila. La Polenta y yo salimos a la vereda a esperarlo.

—¿Lucas? —pregunta el chofer.

—Lucas pidió el auto para mí —aclaro, y ni bien abro la puerta la Polenta me atropella y sube antes que yo.

—¿Y este perro sucio? Animales no llevamos, piba —dice el tipo antes de que llegue a subirme.

—Sucio nada, esta es mi perra —le aclaro con tanta bronca que ni hace falta que le diga a la Polenta que se baje, le hago un movimiento de cabeza, me corro para atrás y ella se viene conmigo. Doy un portazo con toda la fuerza que tengo. El tipo putea pero no llego a escuchar del todo porque arranca y se va.

—Sucio serás vos.

La Polenta está feliz, mueve la cola mientras anda conmigo por la vereda y me mira con los ojitos brillando. ¿Sabrá que prefiero caminar la última oscuridad de la noche antes que separarme de ella?

Al rato me llama Lucas y estoy tan enojada que no lo atiendo. Me va a hacer bien caminar para que se me pase. No hay nadie en los pocos locales abiertos. Todavía no amanece pero la claridad ya está en el aire. Faltan tan pocos días para abrir nuestro local que me da miedo pensar en todas las pibas que voy a ir conociendo. Acelero, porque prefiero la oscuridad del camino antes que la de adentro de mi cabeza.

Aunque no quiero, los ojos se me van hacia los postes de las esquinas. Hay carteles nuevos. Si me acerco voy a querer llevarme alguno, si lo despego y me lo llevo, voy a quedar obligada. Con el cartel en el bolsillo, nadie más que yo puede buscar.

Polenta sale corriendo y se frena justo antes de bajar a la calle. Se pone más atrevida. Mientras la acaricio, miro el poste que hay al lado suyo, una fotocopia borroneada que fue aclarándose hasta dejar solo un nombre escrito con tinta oscura, Azul, una chica de carita redonda y pelo lacio, cortado justo arriba de los hombros, me sonríe. Suspiro. No hay adónde escaparme de estos ojos ni siquiera por un rato. Acerco mis manos hacia el cartel. Lo despego con cuidado, viendo que la carita morocha de Azul no se me vaya a romper. Lo doblo al medio y me lo guardo en el bolsillo donde ya tengo el de Yeny. Mañana no me escapo, pienso, voy a llamar a los dos teléfonos para empezar a buscar. Levanto la cabeza, algo cambió en el cielo. Amanece y Lucas se estará preguntando por qué tardamos tanto. Saco el celular y le escribo un mensaje:

—En camino.

57

—Estuve pensando en hacerte una copia de la llave de entrada, así podés subir de una.

—¿Unas llaves del edificio para mí? Me parece demasiado, Lucas. —Está contento, sonríe y le brillan los ojos. Yo no.

—Ya no tendría que bajar a abrirte.

La Polenta le hace una fiesta bárbara mientras él la acaricia y le da palmadas en el lomo. Entramos y subimos los tres al ascensor. Lucas me pregunta si quiero tomar algo pero no espera a que le conteste, me da un beso largo y a mí me gusta sentirle el sabor a vino tinto en la lengua. Arriba de la mesa hay una botella con dos copas, pero yo no vine a tomar nada que no sea él y no me quiero soltar de su boca. Tengo ganas de abrazarlo y así nos vamos moviendo juntos hasta que él empuja la puerta de su pieza con el pie y llegamos al borde de la cama pegados como un bicho de cuatro patas. Me siento el cuerpo tan caliente y húmedo que me molesta la ropa. Apenas logramos separarnos lo necesario para que Lucas mande las manos y me empiece a desabrochar el pantalón. Me baja el cierre y pasa las manos para atrás y cuando tira del jean se caen varias fotocopias de pibas que tenía dobladas en el bolsillo. No quiero que las vea pero tampoco me puedo agachar ahora a juntarlas, así que me saco las zapatillas empujando un pie contra el otro y dejo el jean justo arriba, para taparlas.

Ahora soy yo la que lo desabrocha a Lucas y tira de su pantalón. Él se saca la remera y el buzo todo junto. Yo le bajo el bóxer para que su pija quede buscándome en el aire. Lucas quiere echarme abajo pero esquivo sus movimientos, lo monto y hago que se acueste contra el respaldo de su cama. Quiero subirme de nuevo arriba porque me encanta apretarlo con las piernas. Me muevo lento para tomarle el gusto, toda saliva, y después voy acelerando de a poco, empapada, con Lucas tirándome de los pelos para que deje de montarlo desde arriba y me pegue a él. Está tan mojado como yo, pero me zafo y sigo moviéndome cada vez más fuerte hasta que Lucas no aguanta más y me agarra con las dos manos del culo para hacerme mover todavía más rápido. Cuando terminamos, desnudos y transpirados, nos metemos abajo de las sábanas. Él prende una lucecita que tiene al costado de su cama y saca un faso.

Fumamos mirando al techo. Pienso que la Polenta se habrá quedado dormida porque no viene y me gusta escuchar el silencio de un departamento tan alto. Si Lucas se callara un rato todo sería perfecto, pero cuando se larga no para de hablar.

212

Me da pena que haga frío porque podríamos ir al balcón.

En un momento dice algo de nuestra relación y no sé de qué me habla. Yo solo vengo a verlo porque la pasamos bien y eso ya me parece un montón.

Miro hacia el rincón en donde quedaron mis zapatillas, el pantalón y abajo las fotocopias y no sé si es el faso o qué pero sonrío tristeza. Esos carteles son lo mínimo que tendría que saber un flaco de mí para que podamos hablar de una relación. Y yo no quiero contarle nada. Su departamento es mi refugio de las chicas que faltan y de la tierra. No sé cómo decirle que vaya más despacio y solo me quedo callada. Lucas aprovecha y me apura:

—Si me avisás cuando venís hasta te hago una copia de la llave de esta puerta también.

—No —le contesto de la forma más cortamabo del planeta—. Esta es tu casa y todo está muy bien así como hasta ahora.

Lucas pone cara de haber recibido un tortazo. Apaga el faso y hace desaparecer la tuca en el cajón de su lado. Cruza los brazos sobre el pecho y se queda mirando a la nada.

Para salir de este silencio se me ocurre invitarlo al cumple del Pendejo:

—El hijo de mi amiga cumple un año y vamos a hacer una joda. ¿Venís?

—No puedo, voy a estar trabajando en la clínica.

Ni siquiera le dije cuándo iba a ser. Su voz no me da para seguirla. Sé que está dolido, pero no puedo mentirle con esto. Me levanto y busco mis cosas:

—Mejor la seguimos otro día, si querés vengo mañana a buscar a la Polenta.

Contesta que pensó que me iba a quedar más tiempo y yo le niego con la cabeza y le digo:

—Me tengo que ir.

En su baño y con la ropa puesta, me lavo la cara y me siento mejor.

Salgo y Lucas me está esperando en la mesa, veo que se sirvió otra copa y encendió la tele, me siento con él pero no tengo ganas de tomar. Me sirve y apenas me mojo los labios. Comemos unos pedacitos de queso que trae de la heladera y corta sobre un plato de madera y después me acompaña hasta abajo. Nos damos un beso largo de nuevo y a mí me da pena desperdiciar así este encuentro.

Empiezo a caminar extrañando a la Polenta, que se quedó con él.

58

No es justo que el Walter se siga haciendo cargo de esto solo. Decirle a Cometierra que su tía apareció no pinta ser una opción ahora, pero ella podría saber si esa mina nos está engañando o si es verdad que su padre está enfermo. El Walter trabaja dieciocho horas por día para juntar la guita que les tiene que entregar y esta noche, como si fuera poco, el Pendejo no se quiere dormir. Gatea, se para y empieza a dar pasitos. Tengo que andar corriendo las sillas porque si se cae, se las da de frente. Se desespera por caminar más rápido tomado de mi mano. Con la otra saco el celular, voy al block de notas y repaso la lista de mañana. Lula se ofreció a llevarse al Pendejo y enseguida tenemos que activar: Lo primero es abrir el local, después los turnos. No llego a repasar ni la mitad que me salgo para el wasap y le escribo a Cometierra ¿Estás viniendo? ¡Mirá que mañana es el día! Y cuando lo envío escucho el mensaje al caer a su celu porque justo está llegando. Ahora el Pendejo se agarra de las dos para andar con las piernas abiertas y sin doblar las rodillas, como si fuera un zombie. Vamos de pared a pared, hasta que se cansa. Necesitaba esto, dice Cometierra. Lo de mañana me tiene loca. Yo también estoy nerviosa porque ya vamos a abrir @Cometierra.Vidente. Lo lamento por el Walter porque esto también se lo va a perder. Por ahora, de dormir nada. El Pendejo vuelve a pararse, sonríe y nos estira las manitos a las dos. De la emoción que tiene me hace acordar a Polenta moviendo la cola. Ninguna de las dos sabe cómo convencerlo para que se vaya a acostar.

59

Una mujer está parada ahí, en la entrada, arrugada su ropa y su cara a pesar de ser una madre joven.

No se fue del todo el olor de la pintura, pero tuvimos que abrir lo mismo. Ahora pagamos dos alquileres. La primera en llegar es ella, una mujer. No habla, pero yo la veo entrar con sus ojeras de hace varios días y la botella aferrada entre las manos y ya sé que busca una hija.

—Yazmin —susurra estirando la botella pequeña que le pesa tanto, una de esas que usan los chetos para tomar yogur.

—Yazmin —repito en voz alta mirando la foto de la piba contra el vidrio de la botella tan limpia, transparente y entiendo que por eso no quiso ensuciar su tierra en una botella común, marrón o azul.

Tengo que insistirle para que se siente y al final, más que sentarse, se desploma en la silla. Saco la tapa y huelo un secreto abriéndose desde lo más oscuro de la tierra hasta mí. Rápido, me vuelco un poco en la mano abierta para arrancarle el silencio y hacerla hablar a mordiscones. La voy tragando, tan áspera y cruda como todo lo que me hace ver.

Cierro los ojos y todo se pone negro. El olor de la tierra se va contaminando con otro mucho más fuerte, que me hace picar la garganta. Parece que alguien a lo lejos encendió una vela y yo me voy acercando, de a poco, y sin poder ver del todo, pregunto al aire:

—Yazmin, ¿sos vos?

Hace mucho calor. Camino hacia la luz y el aire me quema la piel. Veo bolsas rotas, botellas de plástico, cáscaras de frutas, restos de comida pudriéndose al sol y las moscas grises, verdes, azules, revoloteando alrededor. Trato de alejarlas moviendo las manos pero me bailan cerca de los oídos. Me apuro para dejarlas atrás y al fondo, entre la basura que tapiza todo el lugar, está Yazmin acostada en el medio de un colchón pelado, cara al cielo. De tan hermosa parece una princesa congelada en medio de un mundo de porquerías.

Mientras avanzo, suplico al Dios de esta podredumbre, un Dios con tantos ojos como cualquiera de sus moscas, que ella cierre los suyos y los vuelva a abrir. Yazmin no parpadea ni su pecho se levanta para respirar porque ya está muerta.

Su pelo se abre como lenguas de víboras secas en ese colchón mugriento. Cambió el rosado de su antigua piel en un blanco helado, que cerca del nacimiento se ensucia con unas gotas rojas, como si su corazón antes de pararse para siempre le hubiera salpicado un poco de su propia sangre. Me parece que tiene miedo, que aunque ya no esté viva, la piba sigue estando asustada.

—No te preocupes, Yazmin. Ya nadie puede hacerte algo malo.

Me parece todavía más hermosa, pero alguien además de ella me escucha hablar y se acerca haciendo crujir el plástico abandonado del basural. Yo conozco ese lugar. Lo pisamos cientos de veces. Vuelvo a escuchar un ruido. Me apuro a salir de la misma forma en la que entré, porque ahora estoy segura de que hay alguien más, pero antes la consuelo:

—No te preocupes, Yazmin. Ahora venimos con tu mamá a buscarte.

Abro los ojos.

Hablé tanto en el sueño como en mi nueva salita de atender, que la madre abandonó la silla y se arrodilló.

Por más que la mujer suplique, yo ya no puedo hacer nada más que contarle lo que vi. Pienso en la madre de la Florensia. No me gustó tener que mentirle. No puedo volver a hacer eso por ninguna otra mujer. Tomo aire.

—Yazmin está muerta —digo mirándola a los ojos.

Y es como si con esas pocas palabras le robara todo. Ya ni siquiera tiene ganas de llorar, a esa mujer se le acabó el mundo. Se quedó seca, sola para siempre siendo joven, viva por mucho tiempo más que su hija.

Quiero devolverle algo de Yazmin y lo único que puedo decirle es:

—Está muerta, pero si querés, yo te ayudo a encontrar el cuerpo.

60

Son tantas cosas las que tengo que hacer cada día que me las empecé a escribir en NOTAS en el celu: @Cometierra. Vidente: Turno 1: Atendido. Turno 2: Pasa para mañana. Turno 3: Pasa para mañana.

Hablar con Lula: Guita de cuidar al Pendejo el viernes. La tía del W. Y CT ¿Qué quiere? (Sacarle tierra de abajo? Puede ser…) Acompañar al Walter.. Pañales. Piñata, torta y caramelos. Turnos nuevos. Llaves del local. Algún parlante?

61

Alguien puso el colchón viejo sobre el cuerpo desnudo de Yazmin. Solo se escapa un brazo como si todavía estuviera pidiendo ayuda, seco hasta ser apenas una cáscara blanca y endurecida de la propia Yazmin. Lo movemos para destaparla. Desde que llegamos la mujer no hace más que llorar y yo quiero que le diga algo a su hija. Pienso que quizás no se fue del todo, como la seño Ana, y que necesita escuchar la voz de su mamá. Le sacudo el brazo:

—Hablale. Decile algo lindo.

La mujer deja de llorar para mirar el cuerpo de su hija. Después se acerca a ella, sentándose a su lado. Estira las dos manos y toma con cuidado la cabeza de la chica, corre la basura de alrededor y la apoya de costado contra la tierra. Su cara parece iluminarse. Yazmin tiene los ojos abiertos como si hubiera estado esperándola. La mujer se queda acariciándola.

Entonces tomo aire y empiezo yo:

—Hola Yazmin, somos nosotras. Te dije que veníamos rápido.

Y las dejo solas.

Cuando la policía llega, tienen que ser varios para levantarla y llevársela fuera del basural. No la quiere soltar, no quiere dejar de hablarle. Yo sé lo que siente al mirar el cuerpo de su hija por última vez.

62

Hoy el Pendejo está cumpliendo su primer año con nosotros y no podemos más de contentos. Lula me convenció para hacer el cumple en su casa, el Pendejo la adora. Hay tantos globos y adornos de cotillón que parece un carnaval, macetitas con plantas florecidas en cada ventana y en el medio de todo, la mamá de Lula colgó una piñata de papel. El Pendejo quiere tocarla. Lo alzo y estira sus manitos repitiendo me-lo, me-lo, porque estuvo mirando mientras la rellenaban. Cuando le pelo un caramelo se lo mete en la boca y sonríe, después lo bajo y sale hacia la mesa donde Neri y Liz acomodaron platos y vasos descartables, empanadas y una docena de latas de cerveza.

A veces quiero que el Pendejo crezca más despacio, que me dé tiempo a tomarle el gusto, mi bomboncito chiquito a punto de deshacerse. Busco el celular en la mochila para sacarle una foto y la madre de Lula se agacha para salir con él. Les saco varias y después le pido a ella que nos saque una a nosotros, levanto al Pendejo y miramos para la pantalla juntos. Ni bien lo bajo me llega un mensaje de la Tina diciendo: Vamos para allá.

El Walter armó dos pilas de parlantes en la parte de atrás del terreno y colgó un cable con lamparitas para que haya luz. Neri y Liz están trayendo más hielo para meter en el tacho de las bebidas, mientras yo busco un lugar afuera para jugar con el Pendejo, que sigue con ganas de caminar y tocar todo. Bajo un globo y se lo tiro y él lo agarra del hilo y corre como si llevara un barrilete y yo lo corro a él, cuando lo atrapo vuelve a decirme me-lo pero ahora le contesto que no hay más, que tiene que comer otra cosa.

Bombay armó tiras de banderines de tela con retazos que fue guardando de sus laburos y globos en cada rincón. Lula se acerca a jugar con el Pendejo. Ahora la casa tiene más colores que su pelo.

Cometierra pasa música desde la compu chiquita que le dieron a Liz en la escuela. Armó carpetas de cumbia, reguetón, trap y feliz cumpleaños. De uno de los parlantes salen luces de colores que giran como si esto fuera un boliche de verdad. La Polenta no se le mueve de al lado porque a cada rato ella corta un pedazo de empanada de carne y se lo mete en la trompa. Todos los que van llegando se suman al baile y la madre de Lula se acerca para pedir una canción de Camilo Sesto. ¿De Camilo qué? Contesta Cometierra y el Walter y yo nos reímos. La mamá de Lula no vuelve a pedir nada más, y camina para la entrada que pase un vecino que se queja por la música. El hombre

225

duda un momento, hasta que se decide y cruza la casa con una birra y un plato de sándwiches y papitas. El reguetón no se baja.

La Tina se acerca con cara de querer chusmear. Me presenta a su novio, Javier, pero como me había mostrado tantas fotos suyas me parece que ya nos conocemos. Se suman a la cumbia y cada tanto él se va a servir algo de tomar para los dos. Pregunta por Yose, y dice que hay tantas muchachas lindas aquí. Cometierra y yo nos miramos de reojo y para no cagarme de la risa muerdo el borde del vaso de cerveza. Yose es lo más gay que vi en mi vida, ¿cómo puede ser que la Tina no se quiera enterar?

Ahora que la fiesta se armó a pleno caen para quejarse dos vecinos más y la madre de Lula intenta arrinconarlos con comida y escabio. Bombay levanta al Pendejo que se le trepa arriba de los hombros y lo lleva al centro del patio a cococho. Todos agitan alrededor y yo aprovecho y lo saco al Walter. También nosotros hoy cumplimos un año de ser papá y mamá.

Liz y Nerina entran y salen de la casa varias veces repartiendo panchos que les sacan de las manos. Alguien le da al Pendejo medio pancho con mayonesa y Bombay se queja porque le va a estropear la camisa. Entre el baile, los caramelos, la mayonesa y la salchicha tengo miedo de que termine vomitando. Por suerte Lula lo convence de bajar y se lo lleva para lavarle las manos.

Son las diez y media y el Yose todavía no cayó, así que saco el celu y le mando un mensaje. Veo que entraron una banda al Insta de @Cometierra. Vidente, pero ni loca los miro ahora.

El Walter y yo escuchamos gritos. Es otra vez la pareja de vecinos hinchapelotas. Ahora dicen que van a llamar a la policía porque no pueden dormir y la madre de Lula pierde la paciencia y los echa diciendo que la casa es de ella y el barrio también es de ella y que se dejen de joder.

Lula viene hacia mí con el Pendejo de la mano y yo lo alzo y Cometierra vuelve a subir el volumen. *Te volví a probar tu boca no pierde sabor a caramelo.* Sale de los parlantes. Me-lo Me-lo dice el Pendejo ni bien escucha su palabra favorita y todos se ríen y bailan alrededor. Miro la hora y solo faltan treinta minutos para que el día de su cumpleaños se termine. Es el momento de la torta. Yose entra a la fiesta lleno de purpurina y con un chongo enganchado del brazo, tan barbudo y morocho como el vino tinto que apoya en la mesa. A la Tina se le cae el vaso. Por suerte Javier le pasa la mano por la cintura y la arrastra al baile. Parece que los parlantes sacudieran la casa entera. La Tina baila poseída como una diosa en trance: *Una perra sorprendente, curvilínea y elocuente. Magníficamente colosal, extravagante y animal,* sacudiendo los melones, Javier la mira hipnotizado.

Al timbre hace rato que no lo escucha nadie. La mamá de Lula se cansó de ir y terminó dejando la puerta abierta para que los que caen entren de una. Le digo a Cometierra que hay que cantar el Feliz cumpleaños y ella y Neri me ayudan a sacar los platos vacíos y las servilletas usadas para hacerle lugar a la torta. La hizo la Tina, pero la decoramos con el Walter y el Pendejo: dulce de leche, Rocklets y una velita clavada en el medio. El Pendejo la ve y casi se tira desde los brazos de Lula: Me-lo, Me-lo. El Walter saca unos Rocklets del costado y se los mete en la boca y el Pendejo sonríe con los dientes negros de chocolate y dice ma-ma-me-lo. Lula lo lleva a lavarse la cara y las manos y Nerina va a la cocina a buscar el encendedor mientras Cometierra frena la música y le da una salchicha a la Polenta. Todos se paran alrededor nuestro y empiezan a cantar acompañándose con las palmas: Que los cumplas feliz. Que los cumplas feliz. Bombay nos saca fotos y hay varios celus en alto que filman. Yose encendió una bengala y se acerca cantando: Que los cumplas Peeen deeee joooo. Que los cumplas feliz.

Nunca llegamos a pedir los tres deseos. Un cana con su uniforme azul sale de la casa y atraviesa el terreno hacia nosotros. Dice que vinieron por una llamada que informó una clandestina. Pienso que es joda, que es algún amigo de Lula o de la Tina que cayó disfrazado de yuta. Pero al ver la cara de pánico de Liz me doy cuenta de que no es ninguna broma. El Pendejo aprovecha y sopla la velita y mete la mano en la torta para sacar todos los Rocklets. Cometierra se adelanta y va rápido hacia ellos con la Polenta que no para de ladrar. Cuando parece que le va a explicar algo, otro yuta se mete al patio mirándola y se le para adelante. El Walter gira la cabeza hacia mí y no hace falta que diga nada: Los dos sabemos quién es.

63

No podía dejar de pensar en Ezequiel.

Me quedaba viendo la foto nueva que tenía en su perfil de wasap y el sueño no le ganaba a mis ganas de estar con él. Un año no se cumple todos los días y el cumple del Pendejo es más importante que todos los ratis del mundo, hasta más importante que Ezequiel. Pero se me había parado adelante como si fuera la primera vez, me había dado su número nuevo cuando yo ni siquiera podía hablar y me había tirado:

—¿Nos vemos? —como si no hubiera pasado el tiempo para ninguno de los dos.

Una vez más miré su foto y me di cuenta de que estaba en línea y le escribí:

—¿Cuándo?

—Pasame tu dire que te busco. Salgo a las 20.

Recién ahí pude cerrar los ojos tranquila.

Dormí todo el día, por suerte hoy no abrimos el local. Y ahora que se hizo de noche, lo espero nerviosa y no paro de caminar por la casa con la Polenta entre las piernas. Ella se da cuenta mejor que nadie de que me pasa algo y no me deja de joder. Y cuando Ezequiel finalmente viene a buscarme, le gruñe como si fuera su peor enemigo. Se pone tan densa que salimos enseguida y él me abre la puerta de su auto. Antes de que suba me da un beso corto y se queda mirándome los labios. Junto saliva como si fuera a comerme a Ezequiel ahora mismo, después bajo la vista, me acomodo en el asiento y me pongo el cinturón. Cuando se sienta al lado mío y arranca, su perfume me envuelve como un hechizo. No sé dónde estamos yendo, tampoco pregunto. Me dejo ir. Mis ojos se escapan una y otra vez hacia la piel que la ropa le deja libre y mi cabeza sigue el recorrido por abajo de la tela como si fuera mi lengua.

No me alcanza con verlo, Ezequiel me obliga a algo mucho más animal.

—Paramos por acá —dice cuando llegamos a un lugar al que no vine nunca.

Nos sentamos entre pasto y árboles, pero yo solo lo veo a él. Se acerca y me da un beso largo, y su olor se mezcla con los restos de pucho y el gusto inconfundible de su boca. Mi cuerpo responde más rápido que mi cabeza y mis brazos lo atrapan con fuerza para que no me suelte.

Somos dos bocas volviendo a probarse.

Me agarra de las caderas dejando resbalar las manos sobre mi culo y nos giramos así, abrochados con desesperación, como dos animales en celo. Mi cola baja del pasto a la tierra que se me confunde con la piel y ya no sé cuál de todos los cuerpos es el mío ni me importa, solo cierro los ojos y nos siento derretirnos. Una miel dulce se me escapa de entre las piernas hacia el suelo, una forma de ofrendarnos convertidos, uno encima del otro, en frutas heridas. Mis tetas están en su boca que chupa y muerde. Maduramos y nos abrimos rasgados de placer.

El sonido de las plantas y el roce agridulce de la tierra me entran en el cuerpo abierto, igual que como se me mete la pija de Ezequiel. Árboles, pájaros, bichos que también nos acompañan y siguen el ritmo con nosotros.

Cabalgamos la tierra enroscados en un abrazo que de a poco, se va uniendo al resto de un mundo salvaje. Nuestra transpiración es su alimento. Hoy devuelvo algo de lo que siempre me dio.

A la vuelta el camino se apaga contagiado de nuestro cansancio. Ezequiel maneja en silencio y yo siento que también extrañaba cuando se queda callado. Ezequiel nunca habla porque sí. Estamos cerca y a mí me gustaría que este viaje se demorara un poco más, pero llegamos a la casa y antes de que me baje de su auto, me pregunta:

—¿Sabés algo de tu padre? ¿Lo volviste a ver?

—No. ¿Qué importa eso ahora?

Me bajo del auto sin mirarlo. No entiendo a qué vienen esas preguntas. Ni bien abro la puerta la Polenta sale a ladrarle y está tan enojada que me cuesta entrarla a la casa.

No sé qué haríamos el Pendejo y yo sin Lula: cada día se hace querer un poco más. Hoy que voy más tarde al local, Lula vino para quedarse con nosotros y trajo macetitas y comida que sobraron del cumple. También una maceta más grande para poner la ruda que la Tina me dio.

El Pendejo mete las dos manos en la tierra y le encanta. Mientras Lula corta el nylon negro de una alegría del hogar, él escarba y la revuelve tan contento que parece que estuviera batiendo chocolate. Yo cuido que no se lleve las manos a la boca, tampoco quiero que se le ocurra chupar la cuchara y Lula me dice: Relajá un poco. Es re común que los pibitos hagan eso. Pero aunque sé que tiene razón, no puedo. Mirá si el Pendejo come tierra y le pasa algo. Yo no quiero dos videntes en esta casa.

Mientras me enrosco pensando en que quiero ver a la Tina de nuevo, Lula le enseña: Ne-gro señalando el plástico que envuelve a las plantas y el Pendejo repite: Ne-ro. Después Lula le muestra las flores diciendo: Este color es blanco. Blan-co. Pero ahora el Pendejo se queda callado porque todavía no le sale.

Empezamos a plantar una alegría del hogar de flores blancas. Lula la saca teniendo cuidado de que no se le rompan y la pone en una maceta pintada de azul. Después el Pendejo y ella terminan de tapar las raíces rellenando casi hasta el borde. Cuando terminan, Lula señala y dice: Azul. Y el Pendejo se ríe y repite sacando la lengua: Zzzzul. Lula lo aplaude y le da un beso y yo me voy para la cocina.

Vuelvo con un trapo mojado y se lo paso por los dedos antes de que se los lleve a la boca. Así me quedo mucho más tranquila. Lula le dice que tiene que regarla todos los días, que para la planta el agua es tan importante para crecer como para él la leche.

Hoy quiero ver a la Tina después de que terminemos de trabajar, necesito que me dé un consejo acerca del Walter. Mientras miro al Pendejo sostener una nueva planta, le aviso a Lula: Voy a volver un poco más tarde a buscarlo. Si querés dejámelo a dormir. Vamos viendo. Te aviso por wasap.

El Pendejo se ensució de nuevo. Lula me pregunta si ya me voy mientras empieza a aflojar la tierra de la última planta. Me gusta que haya flores en casa. Si fuera por Cometierra y su hermano, todo acá sería gris.

Me voy a trabajar. Portate bien con Lula, mocoso. Y ella insiste: Si querés dejámelo a dormir. En un rato salimos para casa. Ni bien me doy vuelta escucho cómo sigue la charla: Ahora a regar. Lo último que veo antes de irme es a los dos corriendo hacia la cocina a buscar cacharros con agua para darles de tomar a nuestras plantas nuevas.

65

A los que me buscan los asfixia el dolor casi tanto como la falta de esperanza. La fueron quemando, desesperados, siguiendo a los que ya no están, mientras les iban cerrando todas las puertas.

Ahora vienen a mí con un último fuego encendido, creen en @Cometierra.Vidente. Miseria y el local ayudan a que nos encontremos.

A la mañana no abrimos. Recién a la tardecita ella prepara las cosas del Pendejo, se lo da a Lula que viene a buscarlo y salimos para el local.

Yo trato de entrar antes del horario en el que empiezo a atender para que no me vean llegar. Solo arriba me conocen la cara, porque necesito guardarla para mí lo más que se pueda. No quiero que nadie me vaya a decir algo de tragar tierra mientras ando con el Pendejo.

A veces los buscadores se adelantan y cuando doblamos con Miseria la esquina del local, ya los vemos esperando adelante de la puerta cerrada.

A quienes me buscan, los asfixia la urgencia.

Aunque no se atienda sin turno, vienen igual. Aunque hayan pasado muchos años, todavía buscan. Me extienden sus manos, sus frascos, sus botellas, su tierra. Me miran suplicando.

Miseria anota turnos tanto por el celular que pusieron en las fotocopias como por el privado del Instagram, pero a mí no me los muestran. La lista la arma ella y se la comparte solo a la Tina. Yo soy la que sube para sentarse sola en la salita de atender. Siempre espero que los anotados del día sean pocos, pero siempre son un montón.

Los minutos que llego a sentarme antes de que suba el primero, mi cabeza repasa todo lo que tuvimos que hacer para que yo esté hoy acá, habiendo dormido un par de horas, a punto de atender a gente que no conozco y que me trae su plata y su tierra. Pero dos por tres cae alguno que quiere saber si la novia sale con otro, si le hicieron un trabajo o si se va a ganar la quiniela.

Cargo los ojos manchados por la tierra que en el corazón se me hace agujeros para que estos tarados me hagan tragar por pavadas y, sin embargo, así es mejor. Son un recreo para mí. Las pavadas se aguantan, lo otro no.

Hay mujeres que vienen rabiosas.

Ni Miseria ni la Tina ni yo les podemos decir nada, solo escucharlas en silencio. Si nunca encuentro palabras para aliviarles el dolor y la bronca es porque no hay. Algunas aprietan los puños después de dejar la botella arriba de la mesa y no los vuelven a abrir el resto de las horas que estamos juntas. Son mujeres que no pueden más.

Buscadoras a las que el cansancio les deja la piel atravesada por arrugas que se parecen a cicatrices. Como todos les fallaron, siento que yo no puedo hacer lo mismo.

Una mañana una mujer me tiró una botella al piso y me escupió la cara diciéndome que era mentira lo que yo acababa de ver. No le contesté.

¿Qué le voy a decir? Si a mí también, como a ella, me falta una mujer.

Preferí limpiarme esa saliva amarga, juntar los vidrios rotos y barrer la salita, levantar la foto mientras lloraba y golpeaba la mesa con los puños cerrados hasta que después de un rato largo, tranquilas de nuevo, ver si podíamos encontrar el cuerpo de su hija.

Mujeres así de rabiosas había visto montones, pero nunca a un hombre, hasta que vino Julio.

A quienes me buscan los asfixia la bronca.

Julio es apenas un poco más alto que yo, pero parece que viene cargando todo el peso del mundo. Dice su nombre y se queda callado. Como no pregunto, tarda un rato en decir que llegó a verme con sus últimas fuerzas, que respira pero perdió las esperanzas, que solo sigue viviendo por un asunto nomás, que tiene que resolver ese asunto antes de poderse ir a descansar en paz, y que ya anda tan agotado —casi muerto, dice— que está necesitando llegar a ese descanso de una vez.

Tampoco ahora le contesto nada.

A pesar de los grises de la tristeza, veo que es

un hombre muy joven como para andar pensando en morirse. Uno de esos tipos que bien podría gustarle a la Tina y hacerla irse a comprar un conjunto de un color nuevo, rosa chicle o rojo y lleno de encajes.

Julio se está secando antes de tiempo y el pelo, sobre la cabeza, se le fue envenenando de dolor para ser apenas una maraña de guirnaldas descoloridas.

Me quedo callada. A veces el silencio es la mejor forma de acompañar. El hombre espera un rato y después, se agacha para sacar algo de un bolso de cuero casi tan oscuro como el peso de la noche que carga encima. Me pasa una botella en donde puedo leer Lucía y mirar la foto de una piba hermosa de cabello muy largo y ojos delineados de negro y brillitos. Apenas afloja los músculos para soltarla arriba de mi mesa, dice:

—Ya no espero nada más. Solo voy a vivir hasta enterrar el cuerpo de mi hija.

66

En cuanto le digo que vengo a hablar sobre el Walter, la Tina se piensa que nos peleamos. Me hace pasar y después me pide que la espere, que necesita darse un baño porque va a salir con su novio.

Ya es de noche. Se me hizo tarde esperando que Cometierra termine de atender a un tipo con el que se encerró todo el día. Mientras, no podía dejar de pensar en su padre. No le dije nada porque el Walter no quiere que me meta. Dice que va a encargarse él, pero hasta ahora ni abrió la boca. Al Walter le cuesta hablar de ese hombre, ni siquiera a mí me explicó de qué está enfermo. Pasé varios turnos para mañana y cerramos el local, Cometierra se fue para casa y yo salí para el lado de la estación pero no crucé, doblé antes y seguí caminando hasta llegar al edificio de la Tina.

Me levanto y voy a la heladera de mi amiga. La abro y adentro es tan distinta de la nuestra que no sé qué elegir. Huevos, quesos, verduras crudas, y frascos de dulce. Dos latas con hongos y otra más con tomates. Tuppers con arroz, garbanzos, porotos. Botellas con agua y jugos de fruta. Un paquete de salchichas cerrado y otro por la mitad.

De tanta comida no sé qué elegir. Al costado veo dos chocolates. Saco uno y vuelvo a sentarme a mirar el tapiz del pájaro de la pared. No sé si es porque estoy cansada o qué, pero parece que la chica y el pájaro estuvieran por salirse del tejido. Debe ser que tengo sueño y la Tina tarda un montón, desde acá la escucho cantar abajo de la ducha.

Cuando sale el perfume de su pelo invade toda la casa. Lo encaré al Walter porque no está nunca y me confesó que hace un tiempo le cayó una tía a pedirle plata porque su viejo anda enfermo.

La Tina se queda callada esperando que cuente algo más, pero como no agrego nada: Tiene sentido, es su papá. Pero Tina, esa mujer los dejó tirados cuando eran dos pibitos. ¿Además cómo sabemos que lo que dice es cierto? Capaz que solo viene a llevarse guita. Eso lo podrían saber visitando al padre. No. El Walter no quiere y Cometierra no sabe nada.

La Tina piensa un rato largo y yo busco las palabras para preguntarle algo más. Cuando fui a buscar al Walter al taller vi un montón de anuncios de magia negra… La Tina ni me deja terminar: Magia negra ni se te ocurra, ¿Entendiste? Y a mí me queda bien claro que por ahí no hay que insistir.

Estoy a punto de preguntarle si conoce a Madame pero me muerdo la lengua. A la Tina no va a gustarle nada lo que me pasó con ella. Vuelvo a mirar el tapiz, la muchacha que trae algo entre las manos brilla en sus hilos naranjas, el pájaro también tiene sus ojos claros, pero es todo lo contrario al ojo de Madame, un tapiz de colores vivos y pura luz. Me corta la voz firme de la Tina: No te distraigas, Miseria. Si querés que el Walter vuelva a ser el de siempre, acompañalo a solucionar eso que lo tiene mal y se acabó. Si es necesario entregar el dinero, lo van a tener que hacer. Ustedes actúan de buen corazón, lo que haga esa señora no lo cambia. Miro el tapiz. Ahora me parece que la mujer que tiene una caja la lleva para dársela a alguien. El pájaro vuela arriba de su cabeza con las alas abiertas, cuidándola.

Tengo que acompañar al Walter a darle la guita a su tía.

Le escribo un mensaje a Lula justo cuando mi amiga se levanta y me pregunta si quiero comer algo. Nada, Tina, ya te saqué un chocolate. Pero Miseria ¿eso cenás? ¿Una golosina? Te voy a preparar comida de verdad. Voy a decirle a mi novio que venga mañana, hoy nos quedamos juntas vos y yo.

Me voy quedando dormida mientras escucho a la Tina abrir la heladera y el mueble de su cocina. Me gana el cansancio. Me pesan los párpados. El pájaro sale de la pared y vuela arriba nuestro. Todo va a salir bien, Miseria, todo va a salir bien.

67

Mis ojos se quedan un tiempo en el vidrio y después levanto la botella para mirar a trasluz como hacen los de la Casa de Empeños de la avenida cada vez que alguien les lleva un anillo. Yo sé que para los que vienen buscando a sus hijos, la botella llena de tierra es una joya y no solo quiero que ese hombre me vea tratándola con cuidado, para mí también es un tesoro.

¿Cuánto tiempo habrá esperado por el cuerpo de su hija?

La aprieto entre las palmas y los dedos tanto tiempo, que por primera vez me parece que ahí empieza todo: en mi mano, antes de destapar, antes de llevarme la tierra a la boca, antes de sentir el gusto en la lengua, antes de tragar, pero sobre todo, antes de ver. Tomo aire profundo varias veces, me lleno el cuerpo de oxígeno y saco la tapa. Doy vuelta la botella para que empiece a caer y voy haciendo un colchón sobre la mesa.

Esta vez algo es diferente. Necesito desnudarla y ensuciar todo, seguir revolviéndola aunque una parte se caiga al piso. Cambia algo profundo en mí, me impregno de tierra hasta ser yo también una mujer con rabia. Busco profanarla igual que ellos profanan el cuerpo de todas las pibas. Pensar me va volviendo tan furiosa y triste como las madres que buscan y también como Julio. Cierro el puño con bronca y me lo llevo hasta los labios. Abro la boca para recibir sobre la lengua, trago y aprieto los ojos.

Me meto en un mundo en sombras, se puede respirar el olor de la tierra mezclado con el perfume de una piba. Estoy cerca. Siento en el aire un sudor azucarado que me hace pensar en Lucía. Me hundo, me están llevando a mí también hacia abajo y es inútil tratar de ver. El lugar en donde estamos es un agujero en donde lo profundo me chupa. Algo me hormiguea en las palmas de las manos y en los pies. No tengo un mapa ni hay un plan. Aunque intente alejarme, no puedo. Cada vez me cuesta más esfuerzo respirar y me voy quedando quieta, entregada a este fondo que me hechiza. Cada vez me cuesta más mantener los ojos abiertos, veo un pez extraño que nada hacia mí. Cada vez me cuesta más mantener la boca cerrada, una chica fluorescente se me acerca haciendo dibujos con su cuerpo como si fuera una sirena. Cada vez me cuesta más mover los pies, mientras veo a la chica nadar por la tierra. Yo también quiero nadar con ella, pero el hormigueo en los brazos y en las piernas es ahora un calambre bestial que no me deja mover. Necesito ver quién es esta chica de colores brillantes que se pega a mí. Me la quedo mirando hasta que estoy segura de que es Lucía. La encontré y estamos juntas, abajo, en un lugar en el que me hubiera encantado quedarme a dormir con ella, brillando como pececitos de colores, pero me acuerdo de Julio, solo, en la salita de atender. Busco de nuevo abrir los ojos, pero la tierra me besa los párpados para que no pueda.

Tengo miedo. ¿Tanto habré tragado? Uso toda mi fuerza para volver, pero es imposible, me estoy hundiendo cada vez más en un suelo movedizo que me traga con un hambre brutal. Entonces Lucía se acerca a mí, despacio. No me habla. Solo pone sus manos abajo de mis axilas y empieza a subirme como si me estuviera rescatando del fondo del mar. Yo no sé nadar y es hermoso sentirla apretándome contra su pecho, para ayudarme a llegar a la superficie. Nos miramos y solo puedo agradecerle mientras me conduce borracha de lo profundo hacia la luz, es un viaje larguísimo.

Cuando vuelvo a abrir los ojos, Lucía ya no está conmigo. Solo su padre, la tristeza y la luz hiriente de la salita de atender lastimándome las pupilas. Estoy tan mareada como si me hubiera tomado un cajón de birra:

—Quedate tranquilo, Julio, Lucía hace mucho tiempo que fue recibida con amor. Ella descansa para siempre. —No me animo a decirle que la sentí brillar tan fuerte en el centro que la envolvía, pero algo adentro mío confía en eso. Julio empieza a llorar. Con lágrimas, la cara de este hombre es todavía más vieja. Lo dejo un rato largo aunque el celular me suene cada cinco minutos. Me imagino a Miseria mandando mensajes por los turnos siguientes y lo pongo en silencio.

Si no fuera por el Pendejo que me espera al llegar a casa, lo único que estamos haciendo todo el tiempo es despedirnos.

—No quiero desenterrarla —y ya sin furia, agrega—: Para mí ya está, se acabó.

Nos despedimos. Busco un trapo para limpiar la mesa y mientras los restos de tierra caen al piso, sigo fregando hasta sentir náuseas. Es más fácil sacarla de la mesa que de adentro mío. Hoy no quiero atender a nadie más, así que le escribo a Miseria un wasap para que pase los turnos.

68

Las pisadas de Julio quedan dibujadas en el piso y me agacho para pasar la mano por encima. Necesito saber de él.

Amontono esa tierra en la que dejó su marca, y como si fuera a rezar, juntas las palmas para que no pueda escaparse, la levanto del suelo. Me llevo un poco a la boca y dejo caer mi cuerpo sobre una silla para cerrar los ojos. Todo se ve arrasado, una oscuridad cruda, paredes desnudas y una foto borroneada en el fondo. Acá no se escucha nada ni se ve ningún color. Pasa el tiempo y la negrura no afloja, la imagen va volviéndose apenas un poco más nítida pero yo sigo esperando distinguir a Julio, que termina apareciendo por arriba. Debajo suyo todo es barro. Lombrices ciegas dibujando pequeños túneles. Gusanos ahogándose en sus propias babas. Debajo suyo todo es oscuro, apenas se destacan, brillantes, las babosas arrastrándome a los pies de Julio, y arriba claro, su torso, pero sobre todo sus manos, lo único en foco, blancas sobre negro, tejen un nudo. Estamos rodeados de paredes que contienen la humedad helada del fondo de un pozo. Algo se rompe y todo adentro de mi visión se acelera. Hubiera preferido no verlo saltar, un extremo de la soga atada a la viga y el otro mordiéndole el cuello hasta asfixiarlo. Suspendido justo en medio de la tierra abierta que lo está esperando.

69

Yose me llamó diciendo que la Tina anda triste y faltó al trabajo. Liz también.

Así que el Pendejo y yo vamos a su departamento. Pienso que es porque el novio le hizo algo pero cuando la Tina nos abre y nos hace subir, me dice que no y sin agregar nada más, señala hacia las fotos de la pared. La Tina está con el pelo suelto, un pantalón de gimnasia gris y una remera que le queda enorme. Miro las fotos y la veo sonreír como siempre abrazada a sus dos hijos más chiquitos. Liz y Cometierra me contaron que anda juntando para los pasajes de ida y vuelta a su país, pero como ella nunca me dijo nada, yo tampoco quise sacarle el tema. El Pendejo se pone a tocar todo y ella, en vez de enojarse o retarlo, se suma a jugar con él y yo aprovecho y me saco la riñonera y empiezo a contar la plata que había traído para comprarme unos parlantes. Cuando termino le digo: Tomá. Con esto capaz que ya te alcanza, y le paso toda mi plata. La Tina me dice que no puede tomar nuestro dinero y me lo quiere devolver sin siquiera mirar cuánto le estoy dando. Es tuya. Yo no la quiero. Además Cometierra está ganando superbién. Al Pendejo y a mí no nos está faltando nada. Se le llenan los ojos de lágrimas, va hasta la cocina y trae una lata vacía de leche en polvo en la que hace un tiempo viene guardando billetes, se sienta al lado y va armando pilas de a mil pesos. Repite en voz alta, a ver si el Pendejo aprende: uno, dos, tres, cuatro…

Cuando termina, la Tina nos sonríe y llora todo junto.

Suena el portero eléctrico. Es Liz. La Tina me dice que espere, que quiere que brindemos las tres.

70

Hoy no abrimos, pero igual siento la resaca de la tierra en mi cuerpo que me obliga a activar. Desde hace días, en una fotocopia que quedó abierta al costado de la mesa, la chica con los labios pegados y los ojos más apenados del mundo me está reclamando algo. Esta vez no es el apuro por salvarla sino los puntos negros de sus pupilas que parecen hablarme solo a mí. Alrededor, varias fotocopias siguen dobladas. No debería mirarlas a los ojos porque se me meten adentro. Antes de ducharme, me acerco y leo: Se llama Martina y ya pasaron tres meses desde la última vez que la vieron. Salía de la escuela y dijo a sus amigas que iba directo para su casa, pero no llegó.

Nunca voy a poder acostumbrarme a esto.

Me saco la ropa y abro las canillas. Cuando empiezo a mojarme ya sé que voy a llamar. Martina rancha adentro de mi corazón y mi cabeza y la resaca de la tierra me pide que aguante, que todavía puedo tragar un poco más.

Al salir dejo marcas en las baldosas. También estas huellas duran un tiempo. Me desespero. Agarro el celular apurada y mis dedos húmedos resbalan por la pantalla táctil. Le paso la toalla antes de que se estropee. Llamo al número de teléfono de abajo de la foto.

—Necesito tierra de Martina para encontrarla. —La mujer que atiende se pone contenta y me dice que sabe de mí, que las amigas de Martina ya le hablaron de mí.

—Soy muy vieja. No puedo acercarme al local. —Me pasa la dirección y quedamos en vernos, pero es demasiado lejos. Pienso en Ezequiel y no sé si llamarlo. Tengo ganas de verlo y que me acompañe, pero no quiero que luego me esté buscando por los casos que le caen a la yuta.

Me termino de secar y me pongo la ropa: una remerita negra y abajo una minifalda que Miseria ya no usa. Con Ezequiel es distinto: no puedo llamarlo estando desnuda. Vuelvo al baño para lavarme los dientes y delinearme los ojos. Cuando al fin lo llamo parece que hubiera estado esperándome. Tarda una hora en llegar, me da un beso interminable y yo siento su aliento a tabaco y el mismo perfume de siempre. Me envuelve en un abrazo que me saca las ganas de irme. La casa está sola para nosotros dos, ni siquiera está la Polenta. Pero Ezequiel me corta sin darme ningún margen para negociar:

—Vamos.

No es tan lejos como yo pensaba. Sentada al lado suyo giro la cabeza hacia la ventanilla, miro los edificios y las veredas llenas de gente. Si Lucas me llega a ver con Ezequiel no tengo idea de qué le voy a decir.

—Estás muy callada. ¿En qué pensás?

Siento un fuego subirme a la cara. Sé que me puse colorada y vuelvo a girar la cabeza para que Ezequiel no pueda mirarme de frente:

—En nada. —Y no sé si va a darse cuenta de que justo ahora pienso en otro hombre.

—¿Y tu viejo? ¿Sabés algo de él?

No esperaba que me preguntara otra vez así por el viejo. ¿Por qué insiste?

Pero justo cuando le voy a decir que no, para el auto porque llegamos.

Es una de las pocas casas bajas que hay en la cuadra, apenas tiene un cuarto gris construido arriba, al lado de un tanque de agua. Miro para un lado y después para el otro y todo lo demás son edificios altísimos. Adentro de la casa hay apenas un par de macetas que hace tiempo olvidaron regar. Ningún terreno que Martina pueda haber pisado, ningún jardín. Qué difícil es encontrar a alguien si todo está siempre tan separado de la tierra. La abuela sale a recibirnos. Tiene el pelo blanco como si fuera una joya antigua y la cara arrugada y triste. Parece que hubiera estado llorando hasta recién, pero su voz sale fuerte.

—Bienvenida. Te estaba esperando.

Enseguida se acercan tres chicas que salen de la casa. Son las amigas de Martina. Quedamos parados en el patio de entrada y de repente nadie sabe qué más decir. Se me escapan los ojos hacia los costados buscando algo de tierra. Por suerte la abuela nos invita a pasar. Hay un par de sillas y una mesa y ahí nos sentamos ella y yo. Nos sirven un par de vasos de agua.

Las chicas cuentan que me siguen por las redes, por un segundo odio a Miseria y sus inventos.

—Buscamos a nuestra manera. Nos juntamos con otras chicas para hacer los carteles y pegarlos por el barrio, por Rivadavia y del otro lado de la estación. Pero el tiempo pasa y de Martina, nada.

Me quedo callada, mirando las fotos que hay en el cuarto y la abuela parece darse cuenta:

—Aunque nuestras amadas mueran, el amor no. Y las vamos a seguir queriendo más allá de todo.

Las tres chicas miran a Ezequiel con tanta desconfianza que él se fue corriendo para atrás de a poco hasta quedarse en un rincón de la habitación, esperándome, callado.

Ni para mí, que lo conozco hace tiempo y lo vi mil veces con el uniforme, Ezequiel parece un yuta.

71

Hoy es sábado y no abrimos el local. Me voy para casa y es la primera vez sin el Pendejo. Llamo a Lula y me dice que no me apure para buscarlo, que lo están pasando lo más bien. Solo por el Walter la dejé a la Tina muy temprano y me vine hasta nuestra pieza. Le escribo para ver en qué anda y enseguida me contesta: Tengo la plata. Quiero llevársela a mi tía hoy. Puedo sentirlo nervioso hasta por los mensajes de celular. ¿Hoy? Me gustaría buscarlos por Facebook o por Instagram, ver en qué andan, averiguar si es verdad que el hombre está enfermo, pero ni el Walter ni su hermana me dijeron nunca su nombre, así que no puedo. Le pregunto: Me parece que no da ir a su casa. ¿Vos qué pensás? Y me contesta enseguida: Ya había pensado en eso. Quedamos en un bar.

El Walter cae más temprano que nunca. Tira toda la plata de su cajón arriba de nuestra cama y cuenta. Setenta mil, no nos queda ni un billete libre.

Mientras acomoda todo en un fajo pienso que voy a tener que avisarle a Lula que recién le voy a poder dar su pago el domingo. El bar queda por Rivadavia, más cerca imposible. Caminamos en silencio, ni siquiera a mí me sale nada para decir. El Walter tiene miedo de que caiga su viejo también y no le gusta. No quiere mostrarle nada de su nuevo barrio, de su nueva casa y de nosotros tampoco. Quiere a su nueva familia limpia de su mal.

72

—¿Ustedes saben que necesito tierra para encontrarla?

Las pibas dejan de mirar a Ezequiel. Ahora tienen un problema de verdad. Salen de la habitación y vuelven cargando una planta más flaca que un palo adentro de una maceta que la asfixia, seca que da pena. No me gustan las macetas. Son jaulas para la tierra.

La abuela se disculpa:

—Era Martina la que se encargaba de cuidarlas.

Ni bien me la apoyaron enfrente la regué con el agua que habían traído para mí, para ir tratando de aflojar la tierra con cuidado de no romper las raíces. Esta es tierra que no pisó nunca:

—Necesito un plato para poner lo que voy sacando de la maceta y algunas cosas que Martina haya usado, que sean chiquitas, que puedan entrar acá.

Las chicas salen de raje y vuelven trayendo una birome azul, un sellito y un delineador. Dejan todo en la mesa, delante de la abuela de Martina, pero yo enseguida estiro las manos y me lo acerco. Después lo señalo a Ezequiel y les digo:

—¿Lo ven a él? Es el que se encarga de que nadie me mire cuando trago tierra, así que por media hora no van a poder espiar.

Ezequiel aprovecha para dejar su rincón y venirse al lado. Ni falta que hace que le diga Vos tampoco mires, porque ni bien me apoya la mano en el hombro, gira la cabeza para el otro lado.

Empiezo a meter los dedos en la maceta y saco poco a poco tierra mojada para ir dejándola en el centro del plato. Cuando se arma un montoncito, la separo y pongo en el medio las cosas de Martina. Saco un poco más y la voy colocando para cubrir todo, hasta que al final apoyo las manos arriba. Con la punta de los dedos me la voy llevando a la boca. La siento fría pero muy suave. Con el agua la tierra mínima de Martina se había aflojado y se dejaba comer. Trago sabiendo que no va a rasparme la garganta. Cierro los ojos.

Es un día claro y se despide de otras chicas. Reconozco a una, la que me trajo el sello.

Yo estoy tan cerca de Martina que puedo escucharle la voz:

—Me voy a casa.

Es tan hermosa que parece brillar, camina como si todo le fuera bien. Pero llegando a la esquina, alguien le pide ayuda desde el borde de la vereda. Un hombre joven doblado sobre su pierna lastimada. Martina se acerca para ver qué está pasando y el tipo la agarra. Aunque se resiste es muy fácil meterla en un auto.

Trato de ver adónde se la lleva pero se escapa a toda velocidad.

Tanteo de nuevo la maceta. Ya no me importan las raíces, trago algunas, frescas como gusanos. Me da una arcada, pero tengo miedo de perderla. Ahora avanzo sobre un piso de cemento salpicado de negro.

Me desespero por salir, pero con la pintura pasa lo mismo que con el cielo cuando las nubes cambian todo el tiempo y parece que el mundo se mueve acompañándote. Las manchas del piso se vuelven rojas. Camino con cuidado de no pisarlas hasta que me parece que es el rastro de una mujer herida. Levanto la vista y ahí está Martina hecha un bollito sobre el piso gris, pero de su cuerpo sale una mancha enorme. Está recostada de lado como duermen a veces los bebés y el pelo le tapa una parte de la boca pero no los ojos, siempre abiertos como los de un pez.

Alrededor suyo solo hay autos abandonados que forman montañas de chatarra. Las manchas negras son la grasa de los motores que también fueron llevados a morirse en ese lugar. Busco mi celu y saco fotos de todo para dárselas a Ezequiel, menos de ella. No quiero que la recuerden así. Ni su abuela, ni sus amigas ni nadie. Ahora la yuta se tiene que encargar.

Abro los ojos dolidos porque Martina se me graba bien profundo y llega el tiempo de contar.

73

Llegamos diez minutos antes, miramos para adentro y no hay ninguna mujer.

Más que un bar es una pizzería bastante antigua, que nadie limpia demasiado y huele a viejos. Entramos, el Walter pide dos birras y nos sentamos a esperar en una mesita hacia la avenida desde atrás de un ventanal lleno de polvo. El Walter tarda más en reconocerla. Ella no. Ni bien lo ve, encara de una hacia nuestra mesa. Es una mujer seca, casi más flaca que yo, pero alta y fibrosa. Los años no le apagaron la fuerza. Huele a todos los puchos del mundo y tiene el pelo teñido del mismo color del tabaco que parece haber ido chupándole la humedad. Habla, y hasta la voz parece haber sido arañada por el pucho y el tiempo: ¿La tenés toda?

Enfrente de esa mujer, el Walter parece llenarse de sombras. A mí me gusta que no pregunte por mí, que se siente en la mesa como si yo no existiera y se ponga a hablarle de guita solo a él: Tu viejo está enfermo, ni vos ni la tragatierra van a cuidarlo. Yo me encargo pero hay que pagar. ¿Desde cuándo estar enfermo implica irse a otro lado?

Pregunta el Walter mientras saca el fajo de billetes y se los coloca a su tía adelante de la nariz. Con la misma facilidad que yo tengo para oler los puchos, esa mujer siente los billetes con todo su cuerpo. Estás haciendo un negocio con esto, Walter. Creeme. Deberías pensar en darme las gracias. No hace falta que los cuente, sus ojos escanean la guita. Abre un bolso de cuero que parece más viejo que ella, donde guarda el fajo. Antes de irse, se prende un pucho con un encendedor que lleva en el bolsillo de su jean. No le importa cuando una moza le dice que acá adentro está prohibido fumar. Le contesta sin descolgarse el pucho de los labios: Yo ya me estoy yendo y se gira hacia el Walter y le tira: ¿Y tu hijo? Pero el Walter se queda sin abrir la boca. La mujer da unos pasos hacia la puerta y nos relojea de arriba abajo, deteniéndose más en mí, como si recién se diera cuenta de que existo: ¿No vas a pensar que no sé que tenés un hijo?

El Walter le clava los ojos. Nunca le había visto esa cara de odio: ¿Para qué, tía? Si a vos nunca te gustaron los chicos. La mujer se abre en una sonrisa siniestra. Una carcajada que deja desnudos sus dientes manchados y la lengua que los ácidos de la panza vuelven amarillenta y tajeada al medio. Lo mira al Walter por última vez y sin dejar de reírse, le tira: sos un desagradecido. Gira hacia la puerta. Recién ahí la nube oscura arriba de la cabeza del Walter deja de hacerle sombra y se va con ella. Por fin nos quedamos solos.

El Walter dice que no pide dos birras más porque ni para eso le dejaron, pero que ya somos libres. Nos damos un beso y él saca la poca plata que le queda, paga y dice que hacía semanas que no se sentía así de bien. Nos levantamos y salimos abrazados del bar. Al llegar a la esquina una rata gorda sale de un desagüe y corre hacia las vías del tren. Arriba hay un sol tremendo.

74

En el camino de vuelta estoy todavía más callada que antes. Temprano tenía tantas ganas de ver a Ezequiel y ahora no me sale ni una palabra.

—¿Estás triste?

Me pregunta cuando frenamos en un semáforo en rojo.

—No —le contesto—. Es solo la tierra adentro mío, pesa. Pero sé que es mentira. Estoy triste por Martina, por su abuela y por todas.

Necesito que alguien me la saque de la cabeza y tengo ganas de decirle a Ezequiel que mejor vayamos para su casa.

Respiro profundo pero me trago el suspiro para que no lo escuche. Él me mira durante un par de cuadras. Ya no sonríe, piensa un poco y me pregunta:

—¿Nunca se te ocurrió probar tierra de tu viejo?

—¿Vos te volviste loco?

Ezequiel se ataja:

—No es para tanto. Solo me dio curiosidad.

Me quedo callada recordando: La última vez que traté de saber de mi viejo usando tierra y su destapador, la tía amenazó con quemarme la lengua. Mi hermano y yo perdimos todo, madre, padre, tía, destapador, casa. Necesitamos un par de años y venirnos acá para armar algo parecido a una casa de nuevo y ahora Ezequiel caía a preguntarme por el viejo como si nada.

Cuando vuelvo a mirar por la ventanilla me doy cuenta de que ya estamos llegando.

—Nos vemos el domingo. Quiero hacer algo con vos, pero si necesitás cualquier cosa, llamame —dice Ezequiel y antes de que baje del auto, me busca la boca. Me gusta sentirlo tibio aunque ahora hasta el sabor de su lengua es distinto para mí. La tierra te da resaca y va a empezar a quemarme el estómago. Se me viene una noche larga.

Le contesto que sí y planeo esperarlo el domingo bien limpia de tierra.

Lo miro. Él también creció bastante en el tiempo que estuvimos sin vernos y tiene algo un poco más oscuro, no solo en la ropa negra, sino en la sombra alrededor de los ojos. Nos damos otro beso corto y yo bajo del auto mientras él se asegura de que abra la puerta antes de arrancar.

Cuando entro, Miseria y el Pendejo duermen en la pieza y el Walter me espera con la Polenta a sus pies.

75

Ni bien me escucha la voz, la perra se me viene encima moviendo la cola.

—Estaba buscándote —dice mi hermano y me doy cuenta de cuánto lo había extrañado este último tiempo.

El Walter trajo un par de birras y una pizza. Nos sentamos juntos, uno al lado del otro. Con mi hermano es fácil dejar de sentir hambre y empezar a comer, dejar de sentir tristeza y abrazarnos.

Ezequiel se había dado cuenta antes que yo de mi tristeza y me había salido con lo del viejo. Yo hoy necesito otra cosa.

Después de probar la primera porción de pizza, la cerveza fue una fiesta solo para nosotros dos.

—Te extrañaba.

—Yo también, hermanita.

No hace falta que le pregunte nada más. El Walter, de una, larga.

—Estuve este tiempo aguantando dos laburos pero eso ya se acabó. Ahora voy a pasar mucho más tiempo acá.

—A Miseria se le había agotado la paciencia —contesto de toque—. Pero yo aunque no te preguntara nada, tampoco me sentía bien sin vos.

El Walter baja la cabeza y deja de sonreír. Había dejado de mirarme y yo me di cuenta de que quería contarme algo pero, como cuando éramos chicos, le costaba empezar.

—Hermanita. Te tengo que decir algo: me tuve que poner a juntar una plata porque apareció la tía.

Siento un nudo de fuego en la garganta, como si en vez de la lengua la tía se apareciera más de diez años después para quemarme la tráquea.

Mi hermano no espera a que le conteste. Sigue solo:

—La tía cayó diciendo que el viejo estaba muy enfermo, que se tenía que tratar y para eso necesitaban una plata.

Siento un puntazo en la panza como si me estuvieran escarbando con un cuchillo. Ezequiel y el Walter hablándome del viejo en un mismo día me parece demasiado.

Casi no puedo hablar. Apenas llego a preguntarle:

—¿Lo viste?

Y mi hermano me contesta:

—Yo no me animé, la tía no insistió. A ella sí tuve que verla porque se me apareció en el taller. Y hoy fui con Miseria a darle lo que me pidió para él. Pero ya se terminó.

No digo nada. Me hubiera gustado que el

Walter me contara todo esto desde el comienzo, pero lo veo tan preocupado que me acerco a él y le tiro:

—También estamos juntos en esta.

El Walter me contesta que sí moviendo la cabeza, pero sobre todo con algo adentro de sus ojos, como si se aliviara de una carga enorme. Y yo siento todo el cansancio del día y de la tierra empujándome. Necesito mi cama y a la vez me da mucho miedo no dormir. Pienso en Ana con resignación. Nunca puedo elegir cuándo soñar con ella y cuándo no.

—El viejo está enfermo. Eso vino a decir la tía.

Le doy un abrazo al Walter para que se quede tranquilo aunque todavía no sepa bien qué es lo que vamos a hacer y mi hermano me lo devuelve largo, como cuando éramos chicos y solo estábamos nosotros dos sin Miseria, sin el Pendejo, sin la Polenta, sin mi tía y, sobre todo, sin mi viejo. Después se va para su pieza y yo voy a buscar mi colchón y las frazadas con la Polenta, que se me viene al lado. Lo apoyo en el piso, hago mi cama y nos acostamos una al lado de la otra. Pasarle la mano por arriba del pelo a la Polenta me pone mejor. Antes de cerrar los ojos, me prometo a mí misma:

Hoy voy a soñar con lo que sea pero, por favor, con el viejo no.

76

Hacía años que no me hablaba así, como si se hubiera sacudido toda la bronca para volver siendo la seño Ana que tanto quise:

—Aylén, cerrá los dos ojos juntos, pero abrí los dos ojos juntos también.

Encima está vestida como mi maestra de siempre y yo así me siento, durante una noche, su alumna otra vez y eso me encanta. Pero esto nos dura poco, ella trata de disimular que está nerviosa, lo hace por mí y eso ya me parece un montón. La seño Ana volvió para decirme algo:

—Hay una mujer, conoce mundos que vos ni siquiera llegás a imaginarte. Cuando cerrés los ojos, cerralos juntos, pero sobre todo volvé a abrirlos juntos también. ¿Entendiste, Aylén?

Y aunque yo no entiendo nada y lo único que me importa es verla en mi sueño de nuevo igual a cuando yo tenía siete años, mi maestra dulce y hermosa de siempre, la miro desesperarse tanto que le digo que sí.

Pero yo no quiero irme, quiero quedarme la noche entera con ella.

Y Ana insiste:

—Aylén, despertate de este sueño de una vez. Abrí los ojos y andate.

Y otra vez yo que sí, Ana, que sí.

Aunque ahora no pueda abrir ni siquiera un ojo para abandonar el sueño. Menos los dos.

La seño Ana me agarra fuerte de los hombros y ahí me doy cuenta de que todo cambió, de que ya no tengo siete años y algo malo está por pasarme pronto:

—Aylén, despertate de este sueño de una vez. Abrí los ojos y andate.

77

Mi mamá siempre me daba mate de leche, pero el Walter y Cometierra no lo conocen, para ellos es mate y punto. La primera vez los dos se me habían quedado mirando horrorizados, mientras le echaba leche caliente al agujero abierto en la yerba, en el mate de plástico que compré en la feria solo para el Pendejo. Con el tiempo se fueron acostumbrando.

Vuelvo de la cocina con la pava en la mano y veo cómo el Pendejo hace ruido con el mate de leche arriba de las rodillas del Walter, mientras Cometierra lo pelea diciendo: Qué asco, Pendejo. Lo acabás de estropear. ¿Cómo le vas a meter leche y azúcar? Lo voy a tener que tirar a la basura. El Pendejo no contesta ni mu, solo agita el mate para que el Walter le ponga más leche tibia del jarro. Después lo agarra y se lleva la bombilla a la boca. De dos chupadas se lo termina y vuelve a agitar el matecito de plástico diciendo: vede. No tiene ni dos años y ya sabe como cinco colores. Le mando dos cucharadas de azúcar y un poco más de leche tibia, se lo devuelvo y él se prende a chupar como si fuera una teta nueva. El Walter estira la mano y se la pasa por los pelos: Cuando te vayas a dormir la tía mala te lo va a tirar a la basura. El Walter y el Pendejo se ríen y a mí me gustan estos momentos juntos, antes de que salga para el taller y nosotras para el local, antes de que Lula venga a llevarse al Pendejo a su casa. Somos nosotros cuatro.

El Pendejo se separa un segundo de la bombilla para mostrar él también una risa de dientes separados. Dientes de leche. De la leche de mis tetas y de esta leche nueva también. ¿Cuándo viene Lula?, pregunta Cometierra mirando algo en el celular y el Walter le contesta que mejor se queda él con el Pendejo hasta que ella llegue.

Lu-la dice el Pendejo con una sonrisa llena de leche.

Ya se sabe: Ma-má Me-lo pa-pá Lu-la y los cinco colores que ella le fue enseñando. También Ca-sa, que le sale bastante bien. El Pendejo está cambiando. Hace tanto ya desde que la pelambre de la cabeza se le cayó, igual que la pelusa negra y suave de la espalda por donde me gustaba pasarle la mano para hacerlo dormir, y de a poco fue dejando de ser un bebé. Ahora es un nene y hay algo en su olor que es como dejarse emborrachar. Es el olor dulzón a mate de leche y azúcar que espero que no se le vaya nunca.

Vuelve a chupar la bombilla hasta que la leche del mate se acaba y lo aprieta bien fuerte con las dos manitos y repite: Lu-la Lu-la.

Espero que Cometierra no diga nada porque

todavía no aprendió a nombrarla. Se la señalo y le digo: ¿Quién es? La tía mala, contesta el Walter y los tres se cagan de la risa.

Cuando Cometierra y yo nos levantamos para ir yendo hacia el local le doy un beso al Walter y el Pendejo levanta su mate y dice: Eche, señalando el jarro de metal en donde la leche ya se está por terminar.

78

El día fue largo. Antes de cruzar la General Paz para buscar al Pendejo me dan ganas de chupar. Debe ser que la vi a Cometierra escabiando al borde del desmayo. Le mando un mensajito a Lula pero no me lo contesta. Como estoy a un par de cuadras, paro en un kiosco. Pido dos porrones, pero fríos no le quedan, así que me llevo una birra de litro bien helada. Un trago de birra helada me despabila. Al pasar por el puesto de vigilancia de la yuta, escondo la botella abajo de la campera. Camino un par de cuadras derecho y ni bien llego me abre la puerta la mamá de Lula, que está a punto de ponerse a llorar. El Pendejo se asoma entre sus piernas. Me dice que Lula y mi hijo estaban jugando en la entrada, con la puerta abierta y que en un momento el Pendejo volvió solo y que ella esperó unos minutos a Lula, pero como no venía, salió a buscarla y no la encontró por ningún lado. Su celular está arriba de la mesa. Tampoco se llevó la campera ni su mochila, que quedaron en su pieza, arriba de la cama. ¿Hace cuánto? Hace menos de dos horas. Recién estaba oscureciendo. El Pendejo me pasa las manitos por la cara. Lu-la, dice señalando para afuera. Capaz debe haber visto algo y no lo puede contar. La madre de Lula y yo nos miramos, pero ninguna dice nada. Sabemos que algo malo le pasó porque ella nunca dejaría al Pendejo solo. La madre de Lula me apura con que no perdamos tiempo, que tenemos que avisarles a la Tina, al Yose y a todos, que vamos a tener que ir a la Policía. Yo busco en mi celu pero no tengo el teléfono de Ezequiel. Vacío en la pileta de la cocina la birra que era para Lula y la enjuago. Saco unas cucharas y vamos con el Pendejo a la entrada. Me agacho apoyando una rodilla en la tierra. Busco un lugar en donde no haya plantas ni pasto, meto la cuchara y la levanto llena. El Pendejo me imita y con mucho cuidado echamos tierra adentro de la botella. Me trago las lágrimas. Todos los días atendiendo gente que busca a sus seres queridos y nunca se me ocurrió que me podía pasar a mí.

79

En esta casa no se traga, me contesta Cometierra cuando llego con la botella a contarle, y por
primera vez en la vida me enojo tanto que tengo
ganas de agarrarla de los pelos y cagarla a tortazos.
¿Vos entendés que nos falta Lula? Pero ella se levanta a uno por hora, se va a buscar una campera,
saca las llaves del local de arriba de la mesa y recién ahí me dice: ¿Vamos?, como si el tiempo no
importara. Tenés que comer tierra ya mismo para
hacer que Lula aparezca. Le ruego aunque no me
da bola. Antes de irnos, levanto el celular y veo
que tengo un montón de mensajes. Yose, la Tina,
Neri, Bombay. Solo le contesto a la Tina que nos
vamos para el local para rastrear a Lula, que si
quieren vengan y le pido al Walter que se quede
cuidando al Pendejo, que está dormido en nuestra cama. Después entro a la pieza para darle un
beso con todo el cuidado de que no se despierte,
pero me lo encuentro sentado en el colchón, con
una maceta de alegría del hogar en la mano y la
boca llena de tierra. Pego un grito tan fuerte que
Cometierra y su hermano corren hasta nosotros
dos. ¿Ves? Vos no entendés, Miseria. Hay que te-

ner cuidado con lo que se dice en esta casa. Cometierra levanta al Pendejo y le lava bien la boca y las manos.

Lo abrazo al Walter y me pongo a llorar, mientras escucho su voz hablándole al Pendejo con toda la dulzura del mundo. ¿Comiste tierra? El Pendejo mueve la cabeza para arriba y para abajo y señala una de las macetas Lu-la. Siento de nuevo ganas de llorar. El Pendejo comió tierra porque me escuchó a mí y ahora ya es tarde. No puedo hacer nada. Cerrá los ojitos. Le dice poniéndole la mano encima de los párpados y yo siento que el corazón se me va a salir por la boca. ¿Qué ves? El Pendejo no dice nada. Todos esperamos un rato que se vuelve eterno viendo si empieza a contar y recién ahí Cometierra le vuelve a preguntar: Mirá bien. ¿Ves algo? El Walter y yo dejamos casi de respirar hasta que nuestro hijo contesta: Ne-ro. Y Cometierra le insiste: ¿Está todo negro ahí?

Y el Pendejo contesta que sí y recién ahí le saca la mano para que vuelva a abrir los ojos. Nos abrazamos los cuatro. Después Cometierra le promete que va a encontrar a Lula. Y yo me despido del Walter, que me dice que no se va a acostar hasta darle un baño al Pendejo y asegurarse que todo siga bien; y que se queda despierto y con el celular al lado.

80

La Polenta quería seguirnos pero Cometierra la metió adentro y cerró la puerta. La perra llora y rasquetea la madera con las patitas. Y a mí me parece que por ahí hubiera sido mejor traerla para caminar estas calles en la noche. Cometierra parece un robot, se mueve como si estuviera programada. La oscuridad es tan profunda como su silencio y yo no puedo dejar de hablar: Hablo de Lula, de su mamá, del Pendejo, del miedo que me da que se le ocurra tragar tierra una vez más, de Nerina que me mandó un audio de wasap llorando, de que a mí siempre me pareció que son novias pero Lula nunca me dijo nada. Hablo, hablo, hablo... Terminala Miseria, me corta Cometierra y lo intento, pero necesito charlar. Yo no puedo tragarme las cosas. Cometierra se frena: ¿Vos sabés lo que es para mí tener que tragar tierra de Lula? ¿Vos sabés lo que es para mí...? Y se corta sin siquiera llegar a nombrar a Lula otra vez.

81

Llevo encima la mochila más pesada del mundo. Miseria abre la puerta y me sigue de cerca como si me pudiera escapar.

—Se lo prometí al Pendejo. No me jodas.

Me gustaría tener tiempo, pero no hay. Para rescatar a una chica hay que ser más rápida que los cazadores.

Me siento y le pido:

—Pasame la botella, Miseria. —Voy esparciendo sobre la mesa. La tierra de las personas que amo es distinta, también sabe mucho de mí. Cada vez que pienso en Lula estoy yo, soy el oído que la escucha, el ojo que la ve, el corazón que la siente: Lula entra abrazada con Nerina y las dos sonríen, Lula alza al Pendejo que le estira sus manitos para que le haga upa, Miseria, Yose y Lula se ríen de algo que Neri acaba de decir. No puedo dejar de pensar en ella mientras le apoyo las manos a la tierra. El calor de Lula es diferente, suyo, pero ahora lo siento débil, apagándose.

—No me mires —le ordeno.

Hoy quiero comer más, si es necesario, comer toda la tierra de Lula que pudimos juntar.

Mi lengua siente, mi garganta duele, mi panza pesa. Llevo el último puñado a la boca, aunque tenga una arcada me esfuerzo y lo trago igual.

Y al final de todo, cierro los ojos.

82

Me despierto en una cama. El acolchado rojo parece nuevo, los espejos brillan reflejando los destellos dorados de una lámpara. La tele está apagada pero se escucha música y conversaciones que vienen de afuera. No puedo esperar para encontrar a Lula, así que voy hacia la puerta y la abro justo en el momento en que una pareja se acerca besándose por el medio de un pasillo alfombrado que no se termina nunca. Nos cruzamos y ni me miran, fijos cada uno en el cuerpo del otro. La alfombra siempre es nueva aunque al avanzar me cruce con otras parejas que la van pisando. No tiene ni una marca. Empiezo a correr hacia la luz del fondo hasta un salón enorme.

Hay una barra llena de botellas caras y las copas se multiplican en los espejos. Un barman trabaja sin parar y varias mozas sirven en bandejas plateadas. Las chicas que bailan son tan jóvenes y hermosas como Lula, pero ella tampoco está acá.

Un pibe pasa música, es la misma canción triste que se repite sin que nadie se dé cuenta. Busco a Lula pero un hombre me agarra de las manos para sacarme a bailar. Yo no bailo pero tampoco me puedo soltar. En la pared del fondo veo un ojo. Está muy abierto y es celeste, con brillitos en las pestañas. Siento algo vivo que me da miedo.

La música empieza a aturdirme y quiero irme hacia la pared del ojo pero el tipo no me suelta. Una piba de minishort blanco y musculosa ajustada se me acerca y le pide al hombre que la deje bailar conmigo. El tipo me suelta de mala gana y ella me toma suave de la cintura y me sonríe. Tiene los labios rojos y los dientes más blancos que vi en mi vida. Me dejo llevar por la música y por su forma de guiarme. Es como si me estuviera hamacando a un costado del salón. Cuando la canción termina nos separamos pero ella no se suelta, necesita poco para hacer que la siga. Quiero preguntarle por Lula pero cuando le hablo, la música repite a todo volumen la misma canción. Le grito el nombre de Lula y ella se gira hacia mí mostrándome su sonrisa. No parece oírme. Baja un picaporte y me lleva atrás de ella para dejarme en el centro de un cuarto en penumbras. Una mujer con un turbante violeta y labios pintados de bordó ni siquiera me pregunta quién soy:

—Al fin llegaste. Tenía muchas ganas de conocerte.

Cuando me doy vuelta, la chica que me trajo hasta acá desapareció cerrando la puerta. La mujer se acerca a mí y me aprieta un poco los brazos midiéndome los músculos:

—¿Solo esta porquería sos? —No le contesto nada. Quiero decirle a ella también que vine por Lula pero las palabras no se animan a salir de mi boca.

—Pobre Cometierra. Nadie te enseñó nada y pensás que tan fácil es meterte en el territorio de otra bruja. Yo soy la Reina de la Noche, pero en el barrio todos me llaman Madame.

Estoy segura de que esos nombres no los escuché nunca. La mujer me revisa también el cuello y las piernas y se ríe diciendo:

—Ni un tatuaje ni una quemadura ni nada. —Cuando tira de mi remera para verme el escote me zafo para atrás.

—Sos un animal sin nombre, Cometierra. ¿No te dijeron que un nombre es lo más importante que puede tener una bruja? Un nombre y dos ojos —se ríe.

—Las pupilas son las puertas de entrada del cuerpo y es fundamental que una bruja las conserve. Pero esta noche te metiste en mi casa sin invitación, Cometierra.

Dos hombres entran a la habitación y se quedan cerca.

Madame prende un cigarrillo tan gordo como un dedo y se lo lleva a la boca.

—Solo quiero a Lula y me voy —le digo como si fuera una disculpa y Madame se acerca tanto que siento el calor de ese pucho enorme que le cuelga de los labios. Sus ojos cambiaron al celeste piedra y su voz es grave, como si alguien más se le hubiera metido en el cuerpo. Vuelve a dar una pitada profunda y me tira todo el humo en la cara. Es claro y huele a veneno. Madame pita y se toma el humo como si se estuviera bebiendo toda la oscuridad de la noche y yo empiezo a sentir los mismos remolinos que hace el humo al subir, pero girándome adentro del estómago. Tengo ganas de vomitar pero no quiero perder la tierra de Lula.

Madame pita de nuevo y cuando escupe pequeñas arañas negras ganan el aire. Ya no me resisto. Recibo esos bichos que suben por toda la habitación hasta cubrirla por completo. Se me meten por la nariz hiriendo todo a su paso: pelo, piel, carne, el tejido suave de mi garganta. Siento sus patas caminándome por todos lados. Me pican. El cuarto entero se desvanece y por un momento también dejo de ver a Madame. Cuando el humo se abre como una cortina pesada, descubro una sombra derrumbada en el suelo. Está doblada hacia delante y no se mueve. Conozco su cabeza multicolor, un arcoíris que asoma después de una tormenta. Madame se ríe y me dice:

—Ahí la tenés, Cometierra. ¿No viniste por ella? Podés llevarla.

Me desespero por agarrar a Lula pero apenas le doy un tirón, se vuelve a caer. Madame se acerca a mí con un huevo entre las manos, me lo parte en la frente y un líquido espeso me chorrea por la cara y busca meterse en mis ojos. Aprieto los labios para que no pueda entrar. Todo se vuelve borroso y Lula desaparece. Tanteo y quiero alzarle la cabeza para ver si está bien pero la cubre la misma sustancia pegajosa. Busco sus hombros y están protegidos por plumas. Bajo las manos hasta las axilas en un último esfuerzo por levantarla pero al presionar las plumas se me quedan en las palmas.

Madame se ríe.

—¿Te gusta mi pájara? Tengo muchas.

En mis manos, las plumas que arranqué sin querer se transforman en los mechones inconfundibles de Lula. Madame ya no fuma, solo mira la punta de su cigarro que va poniéndose cada vez más roja.

—Vas a tener que andar bien derechita, Cometierra. Conmigo no te podés volver a meter. Te lo digo por tu bien.

Niego con la cabeza. Quiero explicarle que nunca busqué molestarla, que solo necesito llevar a Lula de vuelta, pero siento el pegote empastándome la lengua.

—Te gusta juntar carteles, mirá lo que tengo.

Madame saca un volante de @Cometierra. Vidente. Aunque le dije a Miseria mil veces que no, tiene una foto mía. Lo pone arriba de su mesa y le habla y yo ya no sé si estoy de este lado o ahí, arriba de su mesa, tan expuesta como el pequeño cuerpo de mi amiga.

—Al fin me cayó una pajarita vidente. Desde que llegaste tuve que andar cuidándome de la tierra. Mientras que vos seguías como si nada, haciendo lo que te daba la gana. Pero ahora vas a saber por qué la noche es mía.

El fuego del pucho ilumina su mesa el tiempo suficiente para ver de nuevo mi cara hecha fotocopia. ¿En qué lado de la habitación estoy ahora?

El sueño me dobla las rodillas. Madame escupe humo como el caño de escape de una moto y después apoya el pucho para quemar mi ojo izquierdo. Me caigo de dolor. El ardor es tan intenso que quisiera arrancarme el ojo. Escucho a la seño Ana hablando desde mi cabeza: Abrí los dos ojos juntos, Cometierra, pero ya no puedo.

Mi párpado está cerrado intentando apagarme el ojo encendido. Me da pánico creer que no va a abrirse nunca más. No me escucha ni me hace caso. Le suplico a mi cuerpo que se defienda o, al menos, que se levante y salga de ahí, pero perdí las palabras secretas. Mi voz es muda y me abandono, hecha un bollito al lado de Lula, al veneno de Madame.

83

Hace tres horas que Cometierra cerró los ojos y no la puedo despertar. Cuando le manejo los turnos, nunca tarda tanto en volver de una visión. Lo iba a llamar al Walter pero está con el Pendejo, así que mejor llamo a la Tina. Son las dos de la mañana, llamo a la Tina pero atiende Yose, que me cuenta que no les quisieron tomar la denuncia y que andan con Liz buscándola hace horas.

Le pido que vengan al local, que pasó algo con Cometierra, que los necesito. Guardo el celular en mi bolsillo y vuelvo a intentar: Cometierra, despertate por favor. Suplico mientras le saco el pelo de la cara. Tengo ganas de llorar. Lula falta y estoy sola en la noche, con Cometierra desmayada. Todo en ella está apagado menos los movimientos abajo de sus párpados.

84

Yose le estuvo hablando con amor, poniendo la voz suave para que pudiera oírla desde el otro lado, el lado de los sueños en donde Cometierra se quedó atrapada. Diez minutos antes yo la estuve sacudiendo y repitiéndole su nombre. Después trató Neri y hasta la Tina, que también se vino, pero nada nos dio resultado. Cometierra duerme y nosotros ya no sabemos qué hacer.

Está sentada en su silla con la cabeza volcada sobre la mesa y el pelo desplegado abriéndose como una enredadera. Bombay no quiere ni acercarse pero no para: Que cuánto tarda siempre en despertarse, que cómo hacemos para que vuelva. Le digo que a ella nunca hay que despertarla de las visiones, que siempre vuelve sola y se queda callado.

Neri cuenta por vez número veinte que la yuta no les dio bola y que a la madre de Lula la tuvieron que sacar de ahí a los gritos, porque la cana se le rio en la cara: Vaya señora, seguro está en lo del novio.

Bombay manda su foto a todos sus contactos y a los boliches en los que trabajó haciendo decorados: ¿Saben algo de esta chica?

Lula no aparece y Cometierra se quedó del otro lado. Nada nos podía salir peor. Neri me dice: Algo distinto tiene que haber, pensá. Pero por más que repaso en mi cabeza una y otra vez todo lo que Cometierra fue haciendo con la tierra de Lula, es lo mismo de siempre. No encuentro una explicación para que no se haya despertado. Llevemos a esta muchacha a una cama, dice la Tina. Y yo le contesto que acá no tenemos ninguna. Ya lo sé. Estoy diciendo que la llevemos a tu casa. La Tina saca el celu para llamar a Liz y pedirle ayuda. Nombra a alguien que no conozco y hablan de una mujer de su comunidad. Entre celulares, llamadas, amigos y nervios se nos va pasando la noche sin que vuelvan ninguna de las dos. Amanece y decidimos volver. Entre Bombay y Yose cargan a Cometierra como si más que dormida estuviera borracha, y la bajan por la escalera hasta la calle. Cierro el local y los sigo.

85

El Walter no fue al taller, la Tina no fue al local, el Pendejo no fue a la casa de Lula y todos
estamos esperando que llegue Liz con la señora
que puede ayudarnos. La Tina calma al Pendejo.
Yo casi no tengo fuerzas.

Bombay va a comprar un café y prepara vasos
bien cargados para que aguantemos despiertos.
Esperamos a una mujer que ninguno conoce,
pero la que llega a golpear nuestra puerta es Lula.
El Pendejo, que hace horas está inquieto, corre
hacia ella repitiendo Lu-la Lu-la y se le agarra de
la pierna. Todos hacemos lo mismo. Este va a ser
el abrazo con más cuerpos de toda mi vida. Llora-
mos y cuando nos separamos, Lula pide por favor
un celu para llamar a su mamá, porque al suyo se
lo sacaron. Y también agua, mucha agua. El Walter va hasta la cocina y trae una botella y un vaso
y ella se la toma como si viniera de atravesar el
desierto y después, más seria que nunca, me pasa
al Pendejo para acercarse adonde Cometierra sigue dormida. La mira sin sorprenderse, como si
ya supiera lo que le pasó, le apoya las manos cubriendo toda la cara menos los labios y la besa. Se

separa y Cometierra sigue dormida, pero cuando desliza su mano derecha en donde tiene ahora el pequeño tatuaje del ojo pez celeste, logra abrirle los dos ojos juntos y se despierta.

Todos los corazones adentro de mi casa se detienen durante un parpadeo antes de volver a latir.

86

Ya pasaron dos semanas desde que me desperté, con sus días y noches siempre iguales en los que nadie me pidió que volviese a probar la tierra.

No siento nada distinto en el ojo que Madame me quemó, pero del otro lado debe ser diferente. Ahí no volví. Nunca pensé que podemos ir muriendo por partes.

Pero el tiempo va pasando y Miseria fue al local y me dijo que dejaron la escalera tapizada de botellas con tierra.

Ya no puedo seguir escondida.

Hoy le dije a Miseria que quiero empezar de nuevo. Estábamos con la Tina:

—Claro que sí, muchacha, un tropezón no es caída.

Hoy, cuando salimos juntas para el local, la vi muy preocupada. Casi ni me habló en todo el camino. No contestó ni cuando le dije:

—Quedate tranquila, Miseria. Esto lo elijo yo.

Subimos esquivando velas encendidas y botellas.

Ahora Lula viene y se queda con el Pendejo en la casa, a veces la acompaña su mamá. Al ojo tatuado lo esconde debajo de un pañuelo. Todas tuvimos que cambiar nuestras costumbres por lo que nos hizo Madame.

Sigo por las pibas que nos faltan, de a poco, porque no me olvido de la quemadura profunda ni de las amenazas de esa mujer.

Quiero volver a atender, pero todavía no puedo chocarme con ella. Para enfrentarla necesito saber más. Aunque no quiera, siento que nos vamos a volver a encontrar muy pronto, que acá siempre estamos cerca una de la otra.

Abro la puerta de la salita de atender y entra una señora bajita que tiene un tapado gris y unos anteojos de culo de botella que le hacen los ojos tan chicos como un animalito asustado.

Cuando le pregunto a quién está buscando me dice que por favor no vaya a rechazar a Susy, que ella necesita también que la busquen porque es toda su familia y sin Susy no puede vivir.

—Señora, quédese tranquila —contesto—. De todo lo que llevo atendiendo acá, nunca rechacé a nadie.

La mujer respira aliviada y nos sentamos las dos, una frente a la otra y una mesa de por medio. Primero me pasa una botella con tierra que tiene arriba una tapa que es un sombrerito tejido de lana al crochet. Viendo a la mujer con su bolso y su cuello también tejidos, imagino que todo lo hizo ella misma.

Miro la botella y veo que no tiene foto y le digo:

—Necesito una foto de Susy para ver cómo es. ¿Cuántos años tiene?

Ella me contesta que once y yo me quedo viendo cómo tarda en abrir un monedero que aprieta como si fuera un tesoro. Saca una foto y me la pasa girada para abajo. Cuando la doy vuelta me doy cuenta de que trajo la foto de un perro.

—¿Es joda?

La mujer no me contesta, solo se queda con la vista clavada en la imagen de Susy. Al principio me enojo, pero después pienso en la Polenta y entiendo. Me dijo que Susy era toda su familia.

Le había explicado a Miseria que necesitaba empezar despacio, que hoy solo iba a atender un turno y eso es lo que voy a hacer. Yo no tengo la culpa de que haya venido una señora buscando a su perra.

—Señora, mire para la puerta por un rato.

Cuando la mujer se gira, saco el sombrerito de crochet de la tapa y vuelco un poco de tierra sobre la mesa hasta armar una montañita. Contra la botella dejo la foto de Susy para que sea lo último que voy a ver antes de cerrar los ojos. La perra tiene el pelo blanco con manchas negras. Un saco al crochet de color rosa la abriga hasta el cuello, en donde cuelga una chapita plateada con el nombre.

Abro con la punta de los dedos la montaña que quedó frente a mí. La tierra es suave como cuando acaricio el pelo de la Polenta, pero trato de no pensar en ella y vuelvo a mirar la foto. Tengo que concentrarme más que nunca para que no vaya a aparecerse Madame. Tomo un poco de tierra y me la llevo a la boca tratando de grabarme la cara de Susy y cuando empiezo a tragar, cierro los ojos.

Paseo por un parque que no pisé nunca. Tanto buscar con Miseria una plaza y ahora se aparece en mis sueños. Hay perros que corren y se persiguen entre sí y otros con correa que pasean con sus dueños igual que niños de la mano de sus padres. Metida abajo de uno de los bancos hay una perrita quieta. Voy hacia ella y la veo de espaldas, el pelo blanco y las pequeñas manchas oscuras como las de una vaquita. Sé que es ella. Susy está asustada con la cabeza apoyada arriba de las patas, espera.

—Susy, no salgas de acá. Enseguida te buscan.

—Y cuando escucha su nombre, mueve la cola. Cuando me agacho pasa su lengua suave sobre el ojo que Madame me secó. Los animales saben muchas cosas.

Empiezo a caminar hacia una de las esquinas de la plaza. Hay un poste azul. Mi ojo arde y yo me lo tapo con la mano para ver el nombre, sé que también hay números, pero lo único que llego a leer es Tuyutí. Repito muchas veces ese nombre. Cierro los ojos juntos y cuando vuelvo a abrirlos, estoy afuera.

—Ya puede mirarme, Susy está bien. En la plaza de la calle Tuyutí, debajo de un banco.

La mujer me agradece emocionada y salimos juntas.

Vuelvo a casa tan cansada que, en vez de a Susy, parece que hubiera rescatado a media ciudad.

—No hiciste la tarea, Aylén. ¿Qué pasó?

Pensaba excusas y no me salía nada. En mis noches con Ana tenía los ojos sanos, así que tampoco me iba a servir eso.

—¿Te olvidaste de hacerla? —volvía a preguntar y yo trataba de acordarme qué tarea tenía. Si ella me había dado algo, debía haber sido hacía un montón de tiempo.

—Ella sí la hizo —decía la seño Ana señalando a una chica de espaldas. Me movía tratando de verla, pero la piba me esquivaba. No me gustaba ser la que no había hecho la tarea. Su pelo era muy largo y tan claro como la miel que vendían en la feria para la tos.

Ella iba hasta el escritorio para que la seño le corrigiera. Yo quería que terminaran con eso y que pasáramos a otra cosa. Pero Ana levantaba lo que la piba le había llevado y me decía:

—Hay una botella que no abriste. ¿De esta también te vas a olvidar?

Era una botella roja. Ana me la acercaba estirando los brazos pero yo no la quería tocar. Las dos se reían de mí.

—Dale, Aylén, buscame. Hacete cargo de esta botella.

Por fin lograba moverle el pelo y trataba de grabar esa cara. Pero la seño Ana me miraba y se reía, sabía que me la iba a olvidar.

Me paraba frente a ella y le miraba el pelo y después la cara, y el pelo, de nuevo, que era ahora el pelo más hermoso que había soñado nunca. Había crecido, pero era ella. No como antes, cuando éramos chicas las dos, sino como sería hoy si no la hubieran matado.

—Dice mi mamá que sos una mentirosa.

—Florensia, ¿sos vos?

Pero ella se corría para atrás y me apartaba las manos. Me llenaba de lágrimas:

—Florensia, ¿sos vos?

No me quería despertar. Apretaba los párpados para seguir soñándola. Hacía tiempo que había aprendido cuándo un sueño se estaba terminando.

Antes del final, la seño Ana la apoya entre nosotras y dice:

—Hay una botella que no abriste, quizás sea el momento para ir a buscarla.

Ana me mira, su voz es suave. En vez de pedirme me susurra el mejor consejo que una maestra puede darle a su alumna más amada:

—Es la botella roja, Cometierra. No te la olvides.

De la cara de la Florensia adulta, como se vino a mi sueño, ya me olvidé. Pero pienso todo el día en la botella roja que conserva su tierra. Aunque me concentre, tampoco sé dónde está.

En este mundo las botellas duran más que nosotras.

¿Dónde andarán, ahora, los huesos de la Florensia?

Los huesos que no vemos nunca son los que permanecen. Los de la Florensia también. Si yo fuese la tierra que la abraza y la entibia, todo me dolería menos.

Si yo tuviera una tumba para llorarla, una placa tan dorada como su pelo para leer su nombre hermoso, un lugar donde dejarle una flor, la memoria dolería menos. Pero para eso ya es tarde.

Mentí.

Y del cuerpo de la Florensia no queda más que algunos sueños en donde Ana y yo hablamos de ella; y una madre, Marta, allá donde ella y yo nacimos, que por mi culpa todavía espera a su hija.

Si Marta tuviera aunque sea un pedacito de

esos huesos, al menos podría descansar. No tendría ya que seguir buscándola, desquiciándose cada día un poco más.

Pero mentí.

Algunos piensan que le dije a la madre de la Florensia que ella seguía viva para proteger a mi padre. Creo que Ezequiel, aunque no me lo diga, piensa lo mismo. Eso es mentira, pero como yo ya mentí una vez ahora no me va a creer nadie.

Me falta una amiga y me sobra esto que se repite como un mantra:

¿Dónde andarán, ahora, los huesos de la Florensia?

89

La luz de esta parte de Flores se descompone en el verde, amarillo y rojo del semáforo, y se reproduce en banderas, stickers, telas, pañuelos.

Voy donde Liz me indica porque es la única que me dijo:

—Cometierra, yo no puedo ayudarte, pero conozco a alguien que sí.

Al borde de la vereda, los africanos que ofrecen mercancías en puestos mucho más precarios que los de la feria, se doblan sobre mantas repletas de lentes de sol. Comparten de nuevo esos mismos colores verde, amarillo y rojo en pines sobre camperas oscuras o en la bandera que lleva un león.

Liz no se distrae con nada, solo avanza, pero yo no puedo dejar de detener la vista en ese león a punto de saltar del bordado que adorna la campera de un vendedor. Su piel es más negra que los vidrios en armazones plásticos que me ofrece. Yo nunca tuve lentes de sol. Antes de seguir caminando porque mi amiga me está dejando muy atrás, le digo que gracias, pero no.

Liz dobla la esquina y se para en frente de una casa que tiene solo dos pisos. En la entrada una bandera con muchos cuadrados de colores se sacude por el viento. Miro alrededor, solo edificios pegados uno al lado del otro. La casa de Liz es la más baja de todas y también la más vieja. Saca las llaves y empuja una puerta de madera que hace un ruido muy fuerte. Entramos.

Apenas nos acomodamos, me explica:

—Nosotras también tratamos de que devuelvan a las pibas, pero lo hacemos de otra forma.

—¿Funciona?

—A veces sí. Pero es distinto. Nuestra fuerza depende solo de nosotras. De organizarnos para salir a meter presión. Buscamos en lugares que ya conocemos, que se repiten una y mil veces.

Miro un espejo en la pared. A un costado tiene un pañuelo verde, al otro uno violeta fuerte y arriba una bandera de muchos colores que dice: Buscadoras marronas del Bajo Flores. Buscamos a las hijas de otras mujeres.

—Cometierra, nosotras también tuvimos un montón de problemas con Madame. La policía la protege.

Pienso en Ezequiel, agacho la cabeza y no sé qué contestarle. Por suerte alguien golpea a la puerta y Liz se va a abrir.

Cuando vuelven son dos. Para mi sorpresa, conozco a la mujer que llega a ayudarnos: es la vendedora del pan. Su cara de mil arrugas es el mejor regalo del mundo. Ella también se alegra al verme y viene hacia mí para tocarme la frente:

—¿Qué es la muerte sino esta cosa dura y triste que se te dibujó en la cara?

Las dos sabemos que antes no eras así.

—¿Podés verla?

—Yo te veo muchas cosas, pero no sé cuál de todas querés saber.

—Quiero saber qué ves en mi ojo ciego.

La mujer no habla, sonríe. De una bolsa saca un manojo de hojas de hierbas con la que se sacude la cabeza mientras murmura una oración. Después baja a su pecho y a sus piernas, para terminar golpeándose la espalda. A mí, todavía, ni me mira ni me toca. Recién después de un rato, levanta la vista y dice:

—Las viejitas todas nos vamos quedando ciegas, pero hay cosas que igual sabemos.

Se levanta y se acerca más a mí, me pide que cierre los ojos y me apoya su ramillete en los párpados.

—Más que en tu ojo ciego, pensá en el otro. Todavía vas a ver muchas cosas con ese. Pero de la magia negra, cuidalo siempre. Madame es capaz de hacerte mucho daño. Todavía no ha llegado el tiempo para volver a enfrentarte a ella.

Me agarra la cabeza:

—Escuchame, muchacha, yo sé algunas cosas. Soy vieja. Ahora no tenés que quedarte en esta zona porque no vamos a poder protegerte ni Liz, ni yo, ni tus amigos. Curarse es como aprender, lleva tiempo. Madame no puede encontrarte así, vas a tener que irte hasta recuperar tus fuerzas.

90

Si no tuviera el don, no necesitaría dejarle a la Polenta.

Él va a poder cuidarla mejor que nadie, sobre todo mejor que yo.

Lucas está fumando un cigarrillo. El humo le envuelve el cuerpo y sube hasta girar contaminando su sombra alargada en la pared, después se pierde.

No le digo nada, pero sé que me estoy despidiendo al menos por un tiempo.

Miro por su balcón, afuera las estrellas también se están despidiendo de mí. Ya no vamos a vernos de la misma manera, van a seguir estando lejos. Me gustaba sentirlas al alcance de la mano. Todo sería mucho más fácil para mí si no volviera a la tierra nunca más, pero alguien las tiene que buscar.

Lucas va terminando su cigarrillo despacio. Debe pensar que tenemos todo el tiempo del mundo, la Polenta también. Ninguno de los dos sabe que quizás no nos veamos por un par de años, o, si algo sale mal, nunca más. Hoy quisiera ser como ellos y no enterarme de nada.

Si no tuviera el don, no hubiera venido a despedirme en secreto.

Me levanto para darle un beso a Lucas. Está contento, hace mucho que no pasábamos una tarde así. Todavía el aire del departamento huele a nosotros. En la pieza de Lucas, de nuevo, pudimos estar en un abrazo que duró horas. Traté de grabármelo porque sé que me va a hacer falta, llevarme algo del calor de mis noches con Lucas porque ya no voy a tenerlo más.

Afuera hace frío. Trato de pensar que todo sigue como siempre, que mañana vuelvo a buscar a la Polenta, que mañana puedo venir hasta acá caminando.

Lucas me acompaña hasta el ascensor, la Polenta se queda rascando la puerta con las patitas hasta que después se calma o somos nosotros que bajando nos alejamos y dejamos de escucharla.

Si no tuviera el don, hubiera podido aceptarle las llaves del edificio para volver casi todos los días.

El beso delante de la puerta de vidrio que da a la calle tiene el gusto del último beso. Es un gusto que conozco bien, el de algo que se está perdiendo.

Si no tuviera el don, no me estaría yendo.

Sola, las manos y el corazón vacíos, el alma triste y la cabeza volviéndose cada vez más pesada, como si quisiera clavarme el cuerpo acá para que no me aleje, desando un camino. El viaje va a ser largo.

Parte III

91

Piso Podestá y lo primero que siento es a un pastor predicando a los gritos en la plaza de la avenida. Dice la palabra de Dios con la frente baja como si no quisiera enfrentar el mundo al que le miente y aprieta la biblia para darse fuerzas. Un puñado de personas paradas delante de él escuchan hipnotizadas.

—Jesús murió por nosotros. —Y todos bajan la cabeza avergonzados.

Al costado, dos fotos en blanco y negro de chicas que faltan pegadas sobre las rejas van perdiendo su color en la intemperie. El negro es una infinidad de grises y el blanco amarillento denuncia que a ellas no las miró nadie. Tantas personas buscando desesperadas a Dios y nadie a sus hijas.

—Después de morir, Jesús subió a los cielos para estar sentado al lado del Padre.

Yo sí miro a las chicas, quiero ver si son del barrio o si las conozco, pero están casi borradas.

¿En qué cielo las guardará Dios ahora para que ya no puedan lastimarlas?

Atravieso el corazón de la plaza y aunque deje al pastor atrás, todavía lo escucho:

—La sangre de Cristo se derramó por nosotros. Su sangre se volcó en tierra para salvarnos.

Nunca en todas las veces que tragué tierra me habló sobre Jesús. Solo de chicas como las de las fotocopias.

No me doy vuelta a ver qué hacen los que escuchan porque tanto repetir sangre hace que vuelva a mí el camisón rosa y su mancha en el medio. Lo siento tan cerca que podría tocarlo. Avanzo tratando de pensar en otra cosa y unos metros más allá, el verde de la plaza vuelve a cortarse rojo. Es un pequeño santuario del Gauchito Gil que hace un par de años no estaba. El aire huele a cera quemada. Cintas rojas, velas encendidas y a medio gastar, pintura derramada como la sangre de Cristo, telas y en medio el Gaucho con ceniceros llenos de puchos y latas de cerveza ofrendadas por sus fieles para que él disponga. A lo lejos, el pastor y sus seguidores empiezan a cantar, no puedo dejar de escucharlos. Pero acá, donde el Gauchito, sé que nunca cantó nadie. El alcohol que le ofrecen no termina en las latas de birra sino todo lo contrario, es solo el comienzo. Abajo, a los costados y atrás del altar hay botellas. Al verlas siento un puntazo en el estómago. Tengo miedo de encontrar alguna roja, pero miro igual. Una botella marrón de cerveza que debe estar desde hace tanto tiempo que la etiqueta se deshizo. Dos botellas transparentes. Un vino tinto a medio tomar y varios cartones que nunca fueron abiertos. Muchas birras de litro. Qué alivio que ninguna es roja. Me paro derecha frente al altar. Yo también quisiera que el Gauchito cuidara de mí. No sé cómo se le ofrenda, pero me meto las manos adentro de los bolsillos buscando algo que le pueda gustar y encuentro solo billetes, un par de monedas y una tuca que me quedó a medio fumar. Guita nadie le dejó, así que estiro la mano y le convido mi último faso. Sobre su camisa blanca, el poncho también es rojo fuerte. Recién llegada a mi barrio y el color de la sangre me persigue hasta quitarme el aire.

92

En los últimos pasos hasta la reja mi corazón late fuerte. Ya no hay candado: ni bien empujo, se abre. El pasto está altísimo y hay menos plantas. Atrás, la casa está casi toda perdida, del terreno queda solo un pedazo porque fueron haciendo otras casillas alrededor. Pero arriba de todo, la pasionaria sigue siendo dueña. Sus flores me reciben abiertas porque ellas sí que se acuerdan de mí. Sigo hasta mi puerta. Alguien habrá roto la cerradura. De la casilla de al lado llegan los ruidos de una tele encendida. No hay botellas.

Estoy más sola que nunca, parada sobre la tierra que más me conoce. Ella siente mi corazón acelerándose y yo me saco zapatillas y medias. Antes de entrar, la piso descalza. Nunca hubo un lugar adonde escaparme de mí misma.

93

Se fue, Cometierra se tomó el palo y nos dejó tiradas con más de cincuenta turnos. La Tina no está enojada, casi que ni se calienta. Es que ella también se está yendo, ayer me dijo que va a ir atrás de sus hijos a todo o nada: o vuelve con ellos o no vuelve más. Apenas pude contestarle que no me diga eso y ni ella ni yo volvimos a sacar el tema hasta que le pedí que venga a verme. No puedo más, camino de un lado al otro de la casa viendo el colchón de Cometierra vacío. Tampoco puedo dejar de hablar: Después de todo lo que hicimos para tener nuestro propio local. Me lamento con la Tina por vez número veinte. Cometierra nos dejó tiradas. Miseria pará con el drama. Ella tenía que resolver algo importante igual que yo. Es una muchacha joven, hace lo mejor que puede. Acá también tiene cosas que resolver. ¿Y nosotras, no somos importantes para ella? Hasta que de tanto comerle la cabeza con lo mismo, la Tina me termina diciendo: Y bueno, si la necesitás así de mucho, andá a buscarla como yo junté la libertad de mis niños billete a billete.

La Tina se despide del Pendejo y de mí. Nos

damos un abrazo que parece que no va a terminarse nunca. Y nosotros nos quedamos esperando a que llegue el Walter. A la tarde, se lo digo ni bien entra, pensando que me va a contestar que no: Walter, no podemos quedarnos de brazos cruzados. Tu hermana se fue, nos clavó con más de cincuenta turnos. Vayamos a buscarla.

El Walter me contesta que más que ir a buscarla por los turnos del local, él no quiere dejarla sola tampoco en esta. Que vayamos a acompañarla, que la ayudemos en lo que sea que anda metida y después sí, que nos volvamos juntos. Escribo en el Instagram de @Cometierra.Vidente que por un tiempo los turnos quedan suspendidos y empezamos a prepararnos para volver a Podestá City. Mientras apilo las cosas y el Walter las va metiendo en las mochilas, pienso que de paso voy a llevar al Pendejo para que lo conozca mi mamá, y para convencerla a Cometierra de que no nos deje.

Si no lo hace por mí ni por su hermano, que al menos se vuelva por el Pendejo.

94

Los vecinos metieron las botellas de mi jardín llenando casi todo el suelo de la salita de atender. Avanzo haciendo pie entre todas, las corro hasta dejar libre un espacio mínimo y me siento. Miro alrededor y ahí la encuentro: una botella tan roja como una boca de vidrio me pide que me acerque a comer tierra de su pico.

Esta vez tiene que haber algo mejor que elegir una botella mientras dejo abandonadas al resto sobre el suelo.

¿Ver a todas juntas? ¿Verlas desaparecer y morir?

Mi corazón no resiste eso y mi estómago tampoco. No me alcanzaría la vida con tantas.

¿O salvarlas a todas?

Yo no puedo hacer ninguna de las dos cosas. Pero sí probar tierra de todas juntas para que me guíe y me responda. Hacer solo un intento.

Abro las piernas. Elijo una botella y la vacío en el medio. Agarro otra y la doy vuelta haciendo que caiga junto a la tierra de la anterior. Tomo otra y otra y otra. Así estoy durante horas: Botella a botella y tierra con tierra. Cada tanto me levanto para sacar las vacías afuera.

Dejo para el final la más amada de todas, la hermosa botella roja de la Florensia que corona la montaña de tierra más grande de toda mi vida. También a ella la mezclo con la de todas las mujeres juntas.

Quién te trae a la vida no sé, yo solo veo quién te la quita. Agarro un puñado y empiezo a tragar. La tierra parece gritar adentro de mi boca. Cuando ya no soy capaz de tragar un solo puñado más, le paso las manos al resto disculpándome. La panza me pesa como nunca. Quiero cerrar los ojos pero escucho que alguien me llama desde la entrada de mi terreno.

95

—Así que acá estás, bruja mentirosa.

Afuera, la madre de la Florensia parece una gigante de barro. Está más sucia que yo y también más furiosa. Solo me animo a asomarme desde la puerta de la salita de atender. Ni bien me ve grita:

—Animate a mentirme de nuevo y vas a ver.

Y levanta para mostrarme un vestido de broderí blanco de la Florensia. Es su vestido de comunión el que ahora se estropea entre sus manos mugrientas.

Y se lo acerca a la cara. Pienso que va a besarlo o a tratar de sentirle el olor de su hija, pero no. Abre la boca como si fuera una perra rabiosa y le clava los dientes hasta que consigue hacer una herida en la tela y de un tirón seco, lo abre en dos. Se ríe mostrándomelo como nos había dicho cientos de veces que debía reírse el diablo, y muerde la tela hasta lastimarle un tajo nuevo. Rasga desde la abertura la primera tira hasta arrancarla. Después vuelve a hacer lo mismo una y otra vez repitiéndolo tantas veces que del vestido de la Florensia no queda nada, solo unas tiras mínimas que agarra con una mano antes de avanzar hacia la puerta.

Marta me clava los ojos y yo apenas puedo dejar los míos abiertos porque la tierra de todas me llama.

Tengo miedo de que haya venido a hacerme algo a mí, pero no. Estira la mano libre.

—Bruja mentirosa, dámela.

Se agacha adelante mío revolviendo entre las botellas vacías, separando las de cuello más ancho, para acomodarlas una al lado de la otra cerca de sus pies. Cuando termina se levanta y vuelve a decirme:

—Bruja mentirosa, dámela. —Y se queda parada esperando.

Yo tardo un rato en darme cuenta de que quiere la botella roja, así que me meto adentro de la salita de atender. La agarro y antes de devolvérsela, la sacudo con bronca hasta que cae el último terrón húmedo. Me lo llevo a la boca y entonces sí le doy lo que reclama. La madre de la Florensia me la arranca de las manos.

—Ves que si querés, podés. Bruja mentirosa. Decime dónde está la Florensia.

Se acerca. Siento su aliento de frutas podridas.

—Y esta vez ni se te ocurra mentir. ¿Dónde está mi hija?

Me derrumbo a sus pies.

Apenas apoyo los párpados y la tierra viva de la Florensia me muestra a toda velocidad sus huesos dormidos.

No llego ni a pensar. Mis labios hablan solos:

—Abajo del Corralón Panda —digo y los ojos de Marta se abren como agujeros de odio.

—Bruja de mierda.

Todo adentro suyo es oscuridad. Antes de salir de mi terreno levanta también las botellas que había separado y se las lleva.

Escucho su voz al alejarse por última vez y me doblo de dolor apretándome la panza. Todo mi cuerpo es ahora un calambre. La voz desatada de las mujeres amenaza desde el estómago con partirme en dos.

La tierra quiere contarme algunas cosas más. Entro arrastrándome. Abro los brazos y estiro las manos para sentirla también en la yema de los dedos. Apoyo la cabeza de costado, me ofrezco indefensa y cierro los ojos.

96

Hace mil años que no veía a mi mamá reírse así. Agarra al Pendejo y le hace el avioncito y después, lo tira para arriba y lo ataja. Me dice que estoy más grande y yo la veo igual, es mi mamá de siempre. Dejamos las mochilas a un costado y nos sentamos, pero antes acerca la garrafa, la enciende y pone la pava a calentar. Estamos los cuatro adentro de su casilla con esa única llama y un foco que cuelga del techo. Aunque ya es tarde, mamá no está haciendo la cena. Se pone un saquito, nos dice que la esperemos cinco minutos y sale. Al rato vuelve con una leche, pan y fiambre. Deja el saquito en el respaldo de la silla y acerca un mate de madera, una tacita de plástico y dos bombillas y prepara un mate tan rico como solo a ella le sale y sin preguntarle nada, le arma el mate de leche al Pendejo y se lo pone adelante. Yo, abuela le dice mientras le echa dos cucharadas de azúcar, un chorro largo de agua caliente y otro de leche fría. Y el Pendejo sonríe antes de agarrar su tacita con las dos manos y empezar a chupar. Mamá prepara sandwichitos para todos. El calor de la casilla y el mate me hacen sentir bien, lo mismo que el olor de la garrafa encendida. No sé si el Walter está acostumbrado a esto, pero para nosotras muchas veces era así. En vez de cenar tomábamos mate cocido con pan o alguna galletita. Mamá y yo no paramos de hablar y de preguntarnos cosas: Que cuándo es el cumpleaños del Pendejo. Que dónde estamos viviendo. Que si él ya se sabe subir al tobogán, que si tiene una pelota y si le gusta ver pasar el tren como a mí cuando era chiquita. Pero enseguida me doy cuenta de que ella no le habla al Walter ni lo incluye en la ronda, hace como que no existe. Entonces yo tomo el mate que me pasa a mí, y en vez de devolvérselo, le echo agua caliente y se lo doy a él. El Walter lo acepta y mi mamá levanta la cabeza para mirarlo justo cuando el Pendejo va hacia él. El Walter termina el mate y me lo devuelve vacío. Después se agacha para hacerle upa al Pendejo y mi mamá le tira: Tu padre vino acá a buscarlos antes de irse del barrio. ¿Cuándo? Hace como seis meses que no lo volvimos a ver. El Walter y yo nos miramos y cuando escuchamos la fecha, nos damos cuenta de que desapareció de acá justo para el cumpleaños del Pendejo. Pegado llegó Ezequiel y estuvo haciendo preguntas. A la única que no le cayó la ficha de esto es a Cometierra. Mi mamá tampoco me pregunta por ella. Deja el mate, se levanta y busca al Pendejo para volver a hacerle avioncito bien alto. El Pendejo está encantado, después de un rato la agarra del cuello y le da un abrazo fuerte como si se conocieran desde hace un montón. Mi mamá nos mira al Walter y a mí y dice: Hoy este duerme conmigo y ustedes, antes de desaparecer de nuevo, me van a tener que pasar su dirección. El celular se me apaga y le pido a mi mamá que lo ponga a cargar en el enchufe del costado de la cama y después le explico que todavía no nos volvemos a ir, que pensábamos pasar la noche con ella.

97

Alguien aplaude y nos asomamos a ver quién es: Doña Elisa, venga usted también. Al salir nos damos cuenta de que está todo el barrio afuera. Los vecinos caminan en silencio uno atrás del otro. ¿Qué está pasando? Salga, Doña Elisa, hoy nadie se queda adentro.

Mamá carga al Pendejo a upa. Empezamos a caminar siguiendo el ritmo de los demás. Van con tanta seguridad que parecen ir marchando y aunque no sepamos del todo de qué se trata, nosotros marchamos también. Los escucho murmurar: La hija de Doña Elisa volvió al barrio. Un par se acercan y felicitan a mi mamá porque ya es abuela. En las esquinas se va sumando más gente. Algunos pibes traen palos y una mujer muy viejita me dice que toda su vida estuvo esperando este momento. No me lo quiero perder, dice mi mamá pero yo, que quiero saber qué pasa, me adelanto y veo algunas caras conocidas.. La mayoría son mujeres y cargan botellas vacías. Adelante de todo va la madre de la Florensia. Lleva trapos y un bidón re grande. Una vecina me ofrece una botella y yo la acepto. Vamos parando varias veces por cuadra, aplaudiendo en las puertas de los que todavía no se sumaron. Cada vez somos más. La madre de la Florensia guía.

98

Adentro hay luces que se asoman pegadas a las paredes como serpientes naranjas. Su corazón amarillo se desgarra en una lluvia de chispas más pequeñas que se enroscan en el humo negro y bailan hasta morirse. El viento las desparrama mientras sacuden sus colas de látigos para golpear la oscuridad. Todo lo demás es noche. No hay estrellas en el cielo ni otras luces en la tierra. Solo una muchedumbre rodeando un corralón en llamas.

Marta corre llevando en alto una de mis botellas. Ya no tiene tierra adentro sino restos del vestido de la Florensia y kerosene.

Marta prende la punta de una tira de tela con un encendedor y corre hasta soltar la botella que choca y explota los vidrios de las ventanas, desparramando dentro un manojo de víboras de fuego.

¿Por qué la tierra de todas juntas me trajo hasta acá?

Alrededor del Corralón todo Podestá acompaña cada explosión con gritos. Nunca vi tantas mujeres juntas. Miseria también vino. Yo debería estar ahí pero no puedo abrir los ojos. Este Corralón maldito me hipnotiza. Soy la que ve con los ojos cerrados cómo el fuego va a hacerlo caer.

¿Habrá quedado alguien adentro?

Hay una llama enorme que es como el puño de todas nosotras juntas: estalla ventanas, quema maderas y atraviesa ladrillos hasta que las paredes se empiezan a agrietar. Tarde o temprano, el techo va a venirse abajo.

¿Habrá quedado alguien adentro?

Para la Florensia ya es tarde. Sus huesos duermen tibios sin enterarse de nada. Pero miro a la gente de mi barrio: cientos de pibitas que festejan reunidas alrededor del fuego. Para ellas nunca sabremos lo temprano que es destruir este lugar. Gritan:

El Corralón Panda nunca más.

El viejo Corralón tiene que rendirse de una vez. Una mujer tira una botella. Solo cuando estalla, afloja las mandíbulas y vuelve a respirar. Otras la imitan. Las más chicas aúllan como perras, algunas lloran.

Yo trato de pensar en la tierra de todas y esta vez no solo el estómago me quema sino la piel de las manos, y hasta mi ojo ciego vuelve a sentir.

Busco a Miseria de nuevo entre las pibas del barrio, está tan quieta que parece asustada. Trato de acercarme más a ella pero no puedo.

El Corralón se va a caer.

¿Habrá quedado alguien adentro?

La madre de la Florensia le pasa una botella a

Miseria y le señala una ventana abierta. Atrás se empiezan a escuchar las sirenas de la yuta. Miseria espera.

Recién ahora veo al Pendejo y el corazón quiere matarme a golpes. Levanta palos con los otros pibes que son más grandes que él y los acercan al fuego.

Todo Podestá reunido alrededor del Corralón Panda menos yo.

La madre de la Florensia reparte sus últimas botellas y se queda con la roja. Las luces azules de los patrulleros parpadean contra las paredes en llamas. El Corralón arde.

¿Habrá quedado mi viejo adentro?

Me duele tanto pensar en eso que aparto la vista del fuego. La madre de la Florensia aprieta contra el pecho su última botella. Después, saca el encendedor y lo muestra a todos.

Los policías se bajan de los patrulleros y caminan hacia ella.

—Malditos, ¡ustedes nunca hicieron nada!

—Dispérsense y abandonen el lugar —contesta un cana por el megáfono y la voz se reproduce como el miedo en el eco de la noche.

Las mujeres, lejos de empezar a irse, levantan palos y le hacen frente a la yuta. Escucho de nuevo:

—Dispérsense y abandonen el lugar. —Pero ya ni sé quién habla. O la cana repite sus órdenes una y otra vez o soy yo que empiezo a despertarme. Me esfuerzo por ver un poco más.

Miseria se da vuelta y con la botella encendida va a toda velocidad para el lado de los patrulleros. Marta enciende la suya y arranca detrás de ella.

Entre la niebla oscura que ya no me deja ver, escucho: la risa espantosa de Marta, los gritos de la gente al empezar a correr, y un par de disparos que me dejan sorda.

99

La salita de atender es tan chica que me parece que el Walter es enorme. Mi hermano entró y me está esperando. No sé qué quiere, pero antes de que llegue a decirme algo, le pregunto:

—¿Fuiste?

Mueve la cabeza contestándome que sí.

—¿Y Miseria?

—Le dieron un tiro, pero ahora está bien.

Vuelvo a ver el camisón y sus florcitas rosas, manchado de sangre justo en el medio, y mi cabeza me pincha como si tuviera metido un filo. Ni siquiera me doy cuenta de qué día es pero cuando escucho lo del disparo, me alcanza para despabilarme por completo.

El Walter me abraza, me repite que Miseria va a estar bien pero que él necesita hablar conmigo y yo lo corto:

—¿Dónde le pegaron? ¿En la panza?

Mi hermano me contesta que sí y yo, en vez de quedar más preocupada, siento un alivio enorme. Era esa la que se le venía a Miseria.

—Salgamos —le digo al Walter cuando estoy mejor. Mi hermano me ataja:

—Todavía estás bañada en tierra.

Primero me sacudo el pelo, después la ropa lo mejor que puedo y voy a lavarme la cara. No quiero ni mirarme al espejo. Me seco con la tela del buzo y salgo. Nos sentamos al sol como cuando mamá estaba viva.

—De nuevo todo el barrio está hablando de nuestra familia. Esta vez van a tener para chusmear durante años.

La pasionaria encendió sus flores que ahora se abren entre naranjas y rojo. Le pregunto al Walter si se acuerda de estas y mi hermano me dice que no, que por ahí es una planta nueva. Las flores violentas quedaron arriba y me miran como siempre desde el techo, pero al costado, flores nuevas que parecen pequeñas explosiones me señalan que a partir de ahora, cada vez que vea ese corralón, voy a saber que solo es un sueño.

—Vine a buscarte porque con Miseria y el Pendejo nos volvemos.

—Walter, yo todavía no me quiero ir. —Mi hermano pierde la sonrisa—. Tengo que terminar una cosa que empezó acá hace mucho tiempo.

Mi hermano niega con la cabeza y después trata de convencerme de muchas formas. Dice que es muy peligroso que me quede sola, que Miseria me va a venir a buscar para llevarme al local de los pelos, que no me puedo separar del Pendejo y tampoco de él y que por algo nosotros siempre vivimos juntos.

—Es verdad —le digo y nos abrazamos—. Pero hasta que no termine con esto nunca me voy a poder ir del todo. ¿Vos te acordás cuando la seño Ana llegó a la escuela?

Mi hermano me pasa la mano por el pelo y me acaricia la espalda como cuando éramos chicos. Nos quedamos así un rato hasta que me pregunta:

—¿Después nos volvemos a juntar?

Sé que lo voy a extrañar una banda. Nos abrazamos de nuevo, bien fuerte, como para que ese abrazo nos dure semanas y ahí le prometo que sí:

—Ni bien termine, yo los voy a buscar a los tres. Necesito solo una cosa más. Andá de Lucas y traeme a la Polenta.

Frena un auto. Es Ezequiel que después de estacionar, baja y entra para darme un beso como si en vez de llena de tierra yo estuviera recién bañada y con ropa nueva, lista para salir.

Mi hermano nos saluda a los dos.

—Nos estamos viendo. Y a la Polenta te la traigo yo.

Con Ezequiel lo miramos irse en silencio.

—¿Y ahora qué?

Y yo le señalo mi rancho:

—¿Ves esa casa? Hay que limpiarla y darle una buena tuneada.

No sé si va a asustarse cuando entre a ver lo que quedó, pero de algo estoy segura: A Ezequiel le encanta que me quede cerca suyo.

100

—¿No vas a mirar quién es? —me dice Ana, pero no hace falta. Ya sé que es Miseria.

Una tela me asfixia, se me pega y la siento humedecerse. La separo de mí. Hay un cuerpo tibio que me sorprende como un cachorro herido y escucho la voz del Walter:

—Le pegaron un tiro.

—Ese mismo camisón se lo ponen a todas en el hospital —me corta la seño Ana—. Ya te dijo tu hermano que Miseria está bien. No pierdas el tiempo soñando estas cosas.

Quiero ver a Miseria pero la tela rosa la cubre por completo.

—Olvidate de esto —vuelve a decirme Ana y me gira la cabeza para que la mire solo a ella:

—Gracias por quedarte por mí. Te espero en la escuela.

Me da un beso en la frente, sonríe y se va alejando de mi sueño, llevándose el camisón manchado de Miseria para que no vaya a soñarlo nunca más.

101

Están llevando un cuerpo al cementerio. ¿No te vas a mover tampoco ahora?

Cometierra no me escucha, solo sueña y habla dormida: Terminala, Ana, por favor. ¿Tampoco ahora me vas a dejar dormir tranquila? La agarro del brazo para sacudirla y que se levante de una vez: Mirame. No soy la seño Ana. Somos nosotros, Cometierra, y estamos acá de verdad. Se despierta y cuando ve que soy yo la que le habla, se me viene encima para llenarme de besos. La empujo despacio para atrás porque tengo un vendaje y todavía me duele. Salimos para el terreno. Atrás de la reja están el Walter y el Pendejo que ni bien la ve, sale corriendo hacia ella, pero yo lo atajo y me lo subo a upa. Ya nos vamos, por eso vinimos a buscarte. Baja la vista y contesta: Mi lugar es acá, van a seguir trayéndome botellas y, además, tengo que terminar con algo. Me dan ganas de sacarla de su terreno de los pelos: Cometierra, vos podés seguir atendiendo en otro lado. Somos tu familia y queremos que vengas con nosotros. El Pendejo te necesita, tu hermano y yo, que todavía estoy herida, te necesito una banda. La gente me sigue escribiendo desesperada a @Cometierra. Vidente y yo ya no sé qué inventarles.

Levanta la vista y nos habla a los dos: Ustedes siempre van a ser mi familia, pero acá está mi tierra. Me enojo, no puedo creer que ni por el Pendejo arranque con nosotros: Tu tierra es el lugar en donde ranchás con los tuyos. Cometierra, por favor, no podemos irnos sin vos. La miro y hago fuerza apretando la mandíbula para no llorar delante de mi hijo. El Walter hoy no pisa acá. Ya tomó una decisión y parece que su hermana también: Mi tierra es este lugar en el que nací dos veces. Ahora soy yo la que baja la cabeza. No puedo encontrar qué contestarle, pero igual la sigo escuchando: Andá tranquila, Miseria. Tu tierra queda donde pariste a tu hijo y él todavía depende de vos. Me dice señalando al Pendejo que no deja de hacer fuerza para que lo baje al piso. Nos miramos. Los ojos se le van hacia el vendaje que tengo envolviéndome las costillas y un poco más abajo, el estómago. Por primera vez en todos estos años que compartimos, me quedo callada y siento mis lágrimas que se van escapando de a poco. Cometierra trata de consolarme: Nos vamos a volver a ver, Miseria. Secate las lágrimas y quedate tranquila que el Pendejo se va a asustar. Bajo al Pendejo que se me queda agarrado de la pierna y estira una manito hacia ella que me sigue hablando: Nunca antes te había visto llorar. Miseria, en mi corazón vos solo sabés reírte. Ya no llores. Me seco las lágrimas y vuelvo a alzar a mi hijo. Pienso en cuántos años tendrá el Pendejo cuando nos volvamos a juntar, pero no digo nada. Trato de sonreírle y nos damos un último beso y un abrazo enorme los tres. Y antes de que me vaya, apenas me sale la voz suficiente: Cometierra, acá desaparece gente todo el tiempo. Acá, tu don es oro.

102

Elegí yo.

Elegí seguir con la tierra, porque es lo único que pude elegir en mi vida.

Elegí quedarme en la casa para ser la que recibe cada botella.

Elegí buscar a los que nos faltan.

Elegí perseguir a los que asesinaron a la seño Ana hasta el final de todo.

Solo porque la tierra me eligió a mí.

Agradecimientos

Un agradecimiento eterno y enorme a las Madres y Abuelas de Plaza de Mayo, porque ellas nos enseñaron que seguir buscando es una forma de lucha.

Y también a quienes no renuncian a la memoria hasta el último latido de su corazón.

Muchas gracias a mis hijxs, Benjamín, Ariadna, Valen, Eva, Reina, Ezequiel y Ashanti, porque estas páginas tienen mucho de cada unx de ellxs.

Gracias a mis amigas Selva y Yani, por estar siempre; y a Ana, que me acompañó al mercado de Liniers un millón de veces.

Gracias totales a mis amigos del Ágora Mag(n)a que los amo al infinito, tanto a los que están sobre la tierra o debajo de ella.

Muchas gracias a Vera Giaconi, que me guió al comienzo, a Dana Madera y a todxs lxs que me acompañaron de una u otra forma para que este libro naciera.

Y a todas las parteras y doulas que hacen del mundo un lugar más hermoso.

Miseria de Dolores Reyes
se terminó de imprimir en el mes de mayo de 2023
en los talleres de
Grafimex Impresores S.A. de C.V.
Av. de las Torres No. 256 Valle de San Lorenzo
Iztapalapa, C.P. 09970, CDMX, Tel:3004-4444